VERFÜHRUNG DER CYBORGS

INTERSTELLARE BRÄUTE® PROGRAMM: DIE KOLONIE - 3

GRACE GOODWIN

Lindsey Walters, Erdfrachter Jefferson, Frachtraum

Der Alptraum fing immer gleich an. Die Sonne wärmte mein Gesicht und ich konnte nicht aufhören zu lächeln. Mein Sohn Wyatt lief neben mir her, sein süßes kleines Gesicht ganz aufgeregt darüber, dass ich ihn an seinen liebsten Ort auf der ganzen Welt brachte, den Park in der Nähe unserer Wohnung.

Ich trug ein weißes Sommerkleid mit

leuchtend gelben Streifen, das mir meine Mutter und Wyatt zum Muttertag ausgesucht hatten. In den Saum waren gelbe Gänseblümchen mit grünen Stängeln gestickt. Wyatts kleiner Blondschopf reichte mir kaum bis an die Taille, und seine Hand war warm und weich, so klein und niedlich in meiner eigenen.

Sein Vater war schon lange weg, ein Studienfreund, der das Wort *schwanger* gehört und sich feige aus dem Staub gemacht hatte. Nicht, dass es ein großer Verlust gewesen war. Der Sex war unspannend gewesen. Kein Prickeln. Es war noch keinem gelungen, in mir ein Feuer zu entfachen. Ich hatte seitdem nichts mehr von ihm gehört oder gesehen, und ich hatte mich geweigert, seinen Namen auf Wyatts Geburtsurkunde einzutragen. Für mich war er nur ein Samenspender, der mich nicht in Fahrt bringen konnte.

Wyatt gehörte mir, und ich würde alles für ihn tun. Lügen, betrügen, stehlen, töten. Er war mein Baby, mit hellblauen Augen und Wangengrübchen, bei denen mir das Herz in der Brust schmolz.

Die Vögel sangen und eine leichte Brise raschelte durch die Baumwipfel. Wyatt hob den Kopf und lächelte zu mir hoch...mein Herz platzte geradezu vor Liebe. Doch plötzlich wurde alles anders.

Wir waren im Auto. Reifen quietschten. Glasscheiben zersprangen. Mein Baby schrie, weinte, dann Stille.

Blut. Überall.

Das Krankenhaus, kahle weiße Wände und ernste Schwestern mit Augen voller Mitleid.

Wyatts kleiner, gebrochener Körper bewusstlos im Aufwachraum, und der Arzt, der mir sagte, dass er sein Bein verlieren könnte. Niemals wieder ohne Schmerzen laufen können würde. Nie wieder rennen. Nie wieder auf dem Spielplatz spielen, den er so sehr liebte.

Mein Herz pochte, so wie immer, aber ich kannte diesen Traum nur zu gut.

Ich blickte mich um und erwartete, meine erschöpfte Mutter im engen Sessel in der Ecke von Wyatts Krankenzimmer schlafen zu sehen, in zerknitterten Kleidern, mit Sorgenfalten um ihre scharfen blauen Augen. Wyatts Augen. Er hatte sie von ihr.

Doch anstelle des Krankenzimmers und des besorgten Ausdrucks meiner Mutter sah ich hinter mir einen Mann stehen, dessen dunkle Augen ebenso verwirrt aussahen, wie ich mich fühlte.

Meine Hand brannte. Das eigenartige Muttermal, das ich immer schon hatte, juckte und war gerötet wie ein Wespenstich. Es schmerzte, aber nicht allzu schlimm. Es war eher...überraschend.

„Wer sind Sie?", fragte er, seine Stimme war wie ein dumpfes Grollen in meinem Traum.

Ich blinzelte langsam, und das Krankenzimmer verblasste. Wyatt verblasste, bis es nur noch mich gab...und *ihn*. Und bei Gott, war er scharf. So heiß wie Sex am Stiel, so heiß, dass ich ihn gleich am ganzen Körper ablecken wollte.

Was Träume anging, war das hier viel besser als Krankenhaus für Anfänger, der Traum, den ich beinahe jede Nacht träumte. Ich wusste, dass Wyatt in der realen Welt sicher in seinem Bett lag, dass der Autounfall drei Monate her war, dass meine Mutter auf ihn aufpasste, bis ich von diesem gefährlichen, verzweifelten Auftrag zurückkehren konnte. Wyatt war nicht hier. Das alles hier war nicht real. Nichts davon war real.

Aber der Mann stand reglos da, wie ein Raubtier, das seiner Beute auflauert, während er auf meine Antwort wartete.

„Ich bin Lindsey", sagte ich.

Er kam in diesem Nirgendwo auf mich zu. Es gab keine Wände, keinen Boden. Es war, als stünden wir in einem dichten Nebel und starrten einander an. Ich blieb stehen, während er sich näherte. Ich war gespannt darauf, seine Berührung zu fühlen. Gespannt darauf, wie diese Fantasie, die mein gestresster Kopf anscheinend heraufbeschworen hatte, sich entfalten würde. Ich konnte eine Atempause gut gebrauchen. Und wenn ich mir den neuen *Superman*-Film wohl ein paar Mal zu oft angesehen hatte und mein sexhungriger, gestresster Körper sich eine größere, dunklere, schärfere Version meines Lieblings-Superhelden heraufbeschwören wollte...nun, dann würde ich nicht widersprechen. Dieser überlebensgroße Mann war in *meinem* Traum, und ich würde jede Minute davon genießen.

Als er näherkam, musste ich meinen Kopf in den Nacken legen und stellte fest, dass er mindestens zwei Meter groß war, vielleicht größer, und gebaut wie ein Footballspieler. Sein Haar war beinahe schwarz, seine Augen ein tiefes, verführerisches Braun, dunkel wie mein Lieblingskaffee, aber mit atemberaubenden goldenen Sprenkeln um die Pupille. Seine Haut war olivfarben und makellos, ein wahrer griechischer Adonis. Er hatte gerade genug Stoppeln auf dem Gesicht, dass ich wusste, dass meine Brüste ganz rot gekratzt werden würden, wenn er mich dort küssten. Meine Nippel wurden bei dem Gedanken daran, dass diese vollen Lippen an ihnen saugen und zerren könnten, ganz hart. Er trug schwarze Stiefel, schwarze Hosen und ein schwarzes Hemd, das von überall und nirgends stammen konnte. Nichtssagend, aber die Details waren mir auch egal. Mir war egal, woher er kam, denn ganz gleich woher, er war jetzt in *meinem* Traum. Gehörte mir.

Langsam hob er seine Hand an mein Haar, ließ die blonden Strähnen durch seine Finger gleiten, als wäre er hypnotisiert. Ich hatte unsanftere Berührungen erwartet, denn seine Körpergröße passte nicht zu seiner Zurückhaltung, aber ich lag falsch. Er war mehr als nur sanft. Er war zärtlich, und seine Stimme ebenso. „Lindsey. Du kannst nicht echt sein."

Ich konnte mir mein Lächeln nicht verkneifen. Nicht echt? Zutreffend. Nichts davon war echt. Das konnte es gar nicht sein. Aber ich konnte die Hitze seiner Hand auf meinem Kopf fühlen, und es kribbelte geradezu.

„Wie heißt du?", fragte ich.

„Kjel. Ich bin ein Jäger."

Ein Jäger? Nun, passte das nicht perfekt in diese höllisch scharfe Superhelden-Fantasie hinein, die ich gerade am Laufen hatte? Lecker. „Und jagst du mich?"

Bitte sag Ja. Bitte, bitte, bitte sag Ja. Er durfte mich jagen, mich ausziehen, mich gegen die Wand drücken und ficken, bis ich schrie. Ich hatte noch nie ohne meinen batteriebetrieben besten Freund einen Orgasmus gehabt. Schon seit fünf Jahren hatte mich kein Mann mehr berührt.

Nicht, seit ich Wyatt bekommen hatte. Nicht seit dem Samenspender. Als alleinerziehende Mutter hatte man richtig Mühe, jemanden kennenzulernen. Ich hatte nicht mehr einfach Verabredungen, ich hatte Bewerbungsgespräche mit zukünftigen Vätern, und bisher war noch keiner der Männer, die ich kennengelernt hatte, für Wyatt gut genug gewesen. Und wenn sie es waren? Nun, bisher war noch keiner an einer Sofort-Familie interessiert gewesen. Ich war zu jung, erst vierundzwanzig, und Typen in meinem Alter kümmerten sich eher darum, welches Bier sie zum Freitagabend trinken, als einen Vierjährigen in den Kindergarten zu bringen und Pausenbrote zu Schmieren. Ich war vorbelastet, also schlief ich alleine.

Außer, dass Kjel mich gerade berührte, und ich mehr davon wollte. Mehr begehrte. Mich danach sehnte.

Ich hatte schon keinen so köstlichen Traum mehr gehabt seit...also, noch nie.

Er starrte mich an, seine Finger in meinem Haar, die Strähnen zwischen Daumen, Zeige- und Mittelfinger reibend, als könnte er mich durch seine Haut schmecken. Er schloss die Augen, und ich konnte mich kaum davor zurückhalten, die Hand auszustrecken und sein Gesicht zu berühren, mit der Hand über die Stoppeln auf seinem Kinn zu reiben. Seine Lippen waren voll und breit, und ich wollte auch sie berühren.

„Ich kann dich nicht riechen."

Das war eigenartig. Aber gut, meinetwegen. Ich atmete tief ein, prüfte die Luft in dieser seltsamen, unwirklichen Fantasielandschaft. Da war gar nichts. Eigenartig. „Ich kann dich auch nicht riechen."

Seine Augen öffneten sich, fokussierten wie Laserstrahlen auf meine Lippen. „Ich will dich küssen."

Holla. Dieser Fantasie-Mann ließ aber auch nichts anbrennen. Für einen sexuellen Traum war dieser hier ziemlich intensiv. Ich wollte ihn. Jetzt. Ich wollte nicht reden. Er brauchte mir nicht zu sagen, was er wollte. Er konnte es sich einfach nehmen. Oh bitte, nimm *alles*, was du willst.

Wenn er nicht bald über meinen Körper herfiel, würde ich noch aufwachen, bevor wir zum besten Teil kamen. Ich wollte nackt sein. Bis zum Anschlag mit einem übergroßen Schwanz gefüllt. Mein Körper vor Lust bebend, während er härter und schneller in mich stieß als je ein Mann vor ihm.

Meine Pussy zuckte zusammen, und mein Atem stockte. Scheiß drauf. Das hier war mein Traum. Ich war im echten Leben noch nie so scharf auf einen Mann gewesen. Noch nie. Nicht auch nur einmal. Das würde ich nicht verschwenden.

Ich hob die Hände, vergrub sie in seinem seidigen Haar und zog ihn zu mir herunter. „Sei still und zieh dich aus."

Gott, fühlte ich mich nuttig, aber ich wollte ihn. Heftig. Dem Traummann war es egal, ob ich alt oder jung war, single oder verheiratet, Mutter oder Jungfrau. Er würde die Vor- und Nachteile des Vaterseins, und einen Vierjährigen zu adoptieren, nicht abwägen müssen. Mit etwas Glück würde er mir einen guten, harten Fick verpassen und eine nette Erinnerung.

Ich presste meine Lippen auf seine, sprang hoch und schlang ihm die Beine um die Hüften. Sein harter Schwanz rieb mich genau an der richtigen Stelle und ich stöhnte auf, rieb mich an seinen dünnen schwarzen Hosen. Ich wusste, dass ich feucht war, so verdammt feucht, dass ich riechen konnte, wie meine Not zwischen unseren Körpern höher stieg.

Er war unter meinem Ansturm erstarrt, und ich unterbrach frustriert den Kuss. Ich könnte heulen. War dies nur ein weiterer Alptraum? Eine brandneue Foltermethode, die mein Verstand sich ausgedacht hatte? Waren es mütterliche Schuldgefühle in Extremform? Schuldgefühle darüber, meinen Sohn alleine zurückzulassen? Schuldgefühle darüber, dieses Risiko einzugehen? Schuldgefühle, weil mein Sohn leiden musste, während ich den Unfall mit nicht mehr als ein paar Kratzern überstanden hatte?

Ich beugte mich vor, lehnte meine Stirn an seine Wange und kämpfte gegen Tränen an. Was war los? Warum bewegte er sich nicht? Das war doch *mein* Traum, verdammt nochmal! Und in *meinem* Traum würde dieser umwerfend schöne Mann über mich herfallen, mich ficken, bis ich wund war, und mich zum Schreien bringen. Er würde mich so sehr begehren, dass ihn nichts aufhalten würde, nichts sich in den Weg stellen. Er würde zum ultimativen Höhlenmenschen werden, und er würde mich für die schönste, begehrenswerteste Frau halten, die er je gesehen hatte.

Ich wimmerte, dann seufzte ich. „Komm schon, Traummann. Bitte." Ich knabberte mir einen Pfad an seiner Wange hinunter, bis an sein Kinn, und spürte das Kratzen seiner Bartstoppeln auf meinen Lippen. Frust erfüllte mich, da ich ihn nicht schmecken konnte. Nicht wirklich. Er war warm, aber er war nicht... echt. Es war mir egal. Seine Hand, die sich gegen meinen Rücken presste und wieder entspannte, *fühlte* sich echt *an*. Sein harter Schaft, der sich an meinem Höschen rieb, fühlte sich echt an.

„Du bist nicht echt", sagte er nachdrücklich, aber seine Hände wanderten tiefer und umfassten meinen Hintern, und ich stöhnte auf, als Hitze durch meinen Körper schoss.

„Ist das nicht egal?" Ich küsste mich zu seinem störrischen Kinn hinunter, dann zu seinen Lippen hoch. Ich antwortete für ihn. „Es ist egal."

Ich bemerkte den Augenblick, in dem ich gesiegt hatte, spürte den Wandel in seinem Wesen. Sein gesamter Körper setzte sich in Bewegung, fließend, mit purer Kraft. Seine Muskeln zuckten unter seinem Hemd, und er presste seine Lippen auf meine, nahm sich, was ich ihm so dringend geben wollte. Ich öffnete mich seinem Kuss, und seine Zunge fand meine, plünderte meinen Mund mit einem Hunger, dessen Gier meiner eigenen glich.

Ja. Ja. *Ja!*

Er zerrte mir das Kleid vom Körper, und ich lachte auf, als er den dünnen Stoffstreifen fortriss, der meine Unterwäsche darstellte. Ich trug keinen BH. Bei meinen kleinen Brüsten brauchte ich keinen. Bei jedem anderen Mann hatte ich panische Angst davor gehabt, mich nackt zu zeigen. Ich war komisch geformt, meine Hüften und mein Hintern breit und rund, meine Taille schmal, aber ich hatte nach dem Abstillen bestenfalls Körbchengröße A. Nur eine der vielen Freuden der Mutterschaft, vor denen einen niemand warnt—schrumpfende Brüste.

Aber bei ihm war mir das egal. Ich warf meinen Kopf in den Nacken und ließ mich von ihm ansehen, während ich an seinem Hemd zerrte. Sekunden später war es verschwunden, zusammen mit dem Rest seiner Kleidung, und ich bedankte mich bei den Traumgöttern der Nacktheit. Große, harte Muskeln, kraftvoller Körperbau, dunkles Haar. Mein Superman. Und dann war da noch sein Schwanz...

Wie ich es gewollt hatte, drückte er mich nach hinten, und plötzlich erschien eine harte, glatte Wand hinter meinen Schultern, solide und kalt und unzerstörbar. Ein Raum bildete sich um uns herum, und ich blinzelte langsam, bemerkte die kahle Umgebung kaum. Ein Bett. Ein Stuhl. Sehr zweckmäßig eingerichtet. Militärisch. Keine weichen Kissen oder dicken Teppiche auf dem Boden. Keine Farben, keine Blumen oder Bilder, oder auch nur ein Muster auf der Bettwäsche.

Schwarz. Grau. Braun.

Ich wollte gerade etwas dazu sagen, aber Kjels Kopf senkte sich an meine

Brust und ich schloss die Augen, zog ihn an den Haaren enger an mich, forderte mehr. Seine Hände fuhren über meinen Hintern, auf meine feuchte Mitte zu, und er schob zwei Finger in mich hinein ohne Ankündigung oder Warnung. Mein Rücken streckte sich durch, und ich stöhnte auf bei dieser wunderbaren Vereinnahmung. Ich war eng, und seine Finger waren groß. Ich spürte alles, den Druck und die Krümmung dieser geschickten Finger.

Ich kam an Ort und Stelle. Meine Pussy zog sich um ihn herum zusammen wie eine Faust.

„Tu es", hauchte ich. Wer war diese Frau, in die ich mich verwandelt hatte? „Fick mich. Gott, fick mich doch einfach."

Als hätte er sich bisher noch zurückgehalten und seine Zügel würden gerade reißen, zog er seine Finger aus mir heraus, packte mich an den Hüften, um mich höher über seinen Schwanz zu heben, und dann hielt er inne und blickte mir in die Augen. „Wo bist du?"

Ich blinzelte langsam, bewegte die Hüften, um mich auf seinen steinharten Schaft zu senken. Warum hörte er gerade jetzt auf? Warum wollte er *reden?* „Was?" Ich wand mich, aber er hielt mich gegen die Wand gedrückt, mit seiner harten, muskulösen Brust und seinen Armen am Fleck gefangen. Ich spürte die glitschige Nässe meiner Erregung auf meinen Hüften, wo seine Finger waren.

„Wo bist du, Lindsey?"

Mein benommener Geist konnte sich aus seinen Worten keinen Reim machen. „Ich träume." Was sonst. Ich warf meinen Kopf zurück, gegen die Wand hinter mir, und stöhnte seinen Namen. „Kjel. Bitte. Tut es. Ich will dich. Bitte."

Betteln. Ich bettelte. Aber ich hatte mich noch nie zuvor so gefühlt. Noch nie. Das Muttermal auf meiner Hand brannte, und er hob mir beide Handgelenke über den Kopf, während ich auf seinen riesigen Schwanz hinunter glitt. Ich war feucht, so feucht, aber er war riesig, und ich keuchte auf. Schluchzte geradezu. Verschob meine Hüften, um mehr aufzunehmen. Er öffnete mich, füllte mich tief, dann noch tiefer.

Er stöhnte, als er mich füllte, und ich hob den Kopf, um ihn zu küssen. Aber er blickte nicht mich an, sondern hoch zu meinen Händen. Er hielt meine Handgelenke mit einer Hand fest und zeichnete mit der anderen mein Muttermal nach. Die Berührung schickte scharfe Luststrahlen direkt in meinen Kitzler, bis ich mich aufbäumte und aufschrie.

Er pumpte in mich hinein, hart und schnell, vergrub sein Gesicht in meinem Hals, als würde er mich riechen wollen, einatmen, mich in seine Lungen aufnehmen. Aber das konnte er nicht. Nicht hier. Es gab hier nichts von mir oder ihm zu riechen. Nichts zu schmecken. Ich fühlte mich zugleich geschätzt und betrogen. Ich konnte den Duft der Wildblumen in meinem Lieblings-Shampoo riechen, die nasse Hitze meiner Pussy, die ihn ritt. Aber das war's auch schon. Ich konnte *ihn* nicht riechen. Der Traum erlaubte mir nicht, ihn zu schmecken. Ihn zu riechen. Gott, ich wollte ihn am ganzen Körper ablecken, meine Wange an seine Brust schmiegen und seinen Geruch über meine Haut reiben.

Ich fragte mich, wie er wohl roch. Nach Kiefer und Brennholz? Moschus? Wie mein liebstes Rasierwasser, nach Teakholz und Ingwer?

Er verschränkte seine Finger mit meinen, eine so ungewöhnliche und romantische Geste, so seltsam, dass ich befürchtete, davon aufzuwachen. *Nicht jetzt. Bitte, bloß nicht jetzt.*

„Lindsey", sprach er erneut meinen Namen und biss mit den Zähnen sanft in meinen Halsansatz. Dieser zusätzliche Reiz trieb mich über die Grenze, und ich zerbarst in tausend Stücke. Das Zucken meiner Pussy zog ihn tiefer in mich hinein, drückte ihn unbarmherzig zusammen, bis auch er die Kontrolle verlor und aufstöhnte, mich füllte, sein heißer Samen in mich spritzte wie Lava.

Ich konnte die Hitze *spüren*, die mein Inneres benetzte. Und ich wollte mehr. Dieser Traum reichte mir nicht.

Etwas stieß mich an, und mein ganzer Körper machte einen Ruck zur Seite.

„Nein!", schrie Kjel, aber es war zu spät. Die Traumzeit war vorbei. Irgendetwas passierte gerade mit mir, und ich musste verdammt nochmal aufwachen.

Ich versuchte, ihn zu küssen und mich zu verabschieden, aber er verblich zu schnell.

Ich blinzelte langsam, öffnete die Augen und drückte die Tränen hinunter. Er war fort, und diese Tatsache tat mir viel mehr weh, als sie sollte. Ich war wieder alleine. Nicht alleine im Sinne von: ich hatte keinen Freund oder Mann, mit dem ich mein Leben teilen konnte. Nein, alleine im Sinne von: ich reiste durch das All, Lichtjahre entfernt von meinem verletzten Kind. Mit jeder Sekunde weiter und weiter entfernt.

Natürlich war ich da im Moment nicht gerade emotional stabil. Ich hatte eine Scheißangst, und ich brauchte jeden Funken Mut, den ich hatte, um zu tun, was ich tun musste. Ich musste meinem Sohn helfen. Ich musste meinen Auftrag erfüllen und zur Erde zurückkehren. Ich hatte mich mit zwei Nebenjobs und vielen Opfern durchs Publizistik-Studium gekämpft. Und was hat es mir eingebracht? Ich war pleite. Und verzweifelt auf der Suche nach Hilfe für meinen Sohn. Steckte ich in einem Frachtcontainer auf einer fremden Welt, die von wilden Kriegern und Killern bewohnt wird?

Jeder Traum war besser als meine Realität. Aber Kjel, der Jäger, ließ mein Herz schmerzen und meine Pussy trauern. Er hatte mich etwas anderes fühlen lassen als nur Angst und Hoffnungslosigkeit. Er hatte mir das Gefühl gegeben, beschützt und geborgen zu sein. Geliebt. Er war kraftvoll, stark genug, dass ich mich anlehnen konnte, dass er meine Bedürfnisse annehmen und sie mir nicht verübeln konnte. Aber Kjel existierte nicht. Er war nur ein Mann aus einem Traum, und das tat so weh. Warum war mein Gehirn so grausam zu mir?

Ich starrte auf die Anzeige auf der Koalitions-Uniform, mit der ich ausgerüstet worden war. Die Verschwörer auf der Erde hatten mich mit allem ausgestattet, was ich ihnen zufolge brauchen würde. Selbst mit der bizarren Technologie, die mir meine Körperausscheidungen entzog, sodass ich nie auf die Toilette müssen würde, solange ich in Reichweite ihrer Transporter-Technologiestationen blieb. Das war eine der schlimmsten „Untersuchungen" meines Lebens gewesen. Wie beim Frauenarzt, aber mit Weltraumdildos, die mir Alien-Spielzeug in den Körper implantierten.

Ein kalter, gruseliger Schauer durchzog mich, als ich mich an den kalten, klinischen Blick der Ärztin erinnerte, die mir das Zeug zur Vorbereitung auf meine Reise hineingeschoben hatte.

Und *somit* hatte ich *darüber* auch wieder genug nachgedacht.

Mit einem zittrigen Atemzug schloss ich die Augen und bemühte mich, stattdessen an Kjel zu denken, an der Lust festzuhalten, die immer noch durch meinen Körper rauschte. Meine Pussy war geschwollen und heiß, das Pulsieren meines Orgasmus wie Nachbeben in meinem Inneren. Meine Hand brannte, und ich rieb sie durch die Handschuhe hindurch, die ich trug. Ich fragte mich, ob das Mal auf meiner Handfläche wirklich rot war, oder ob es eine seltsame, nachhallende Täuschung war, die mein Geist heraufbeschworen hatte, um mich zu quälen.

Mein Traummann war fort. Der Alptraum über den gebrochenen Körper meines Sohnes war fort. Und die Realität? Die Realität bestand darin, auf das Innere eines Frachtcontainers der Koalitionsflotte zu starren. Nein, es war nicht stockfinster. Nein, es war nicht erdrückend. Ich hatte mich an den Geruch von Erde und Bäumen gewöhnt, hier in meiner Ecke, wo ich einen bequemen Stuhl hatte, der fest verankert war. Ich hatte Essen, Wasser und Licht.

Es war nicht ideal, aber sie hatten mir eine Pille gegeben, damit ich schlafen konnte. Ich fühlte mich ruhig—zu ruhig —und ich hatte den Verdacht, dass diese besondere Pille ein wenig zu gut gewirkt hatte. Ich hatte schon immer empfindlich auf Medikamente reagiert. Die wollten wahrscheinlich nicht, dass ich auf halbem Weg ausflippte, aber zugegebenermaßen wollte ich das auch nicht.

Wenn ich lange genug darüber nachdachte, wohin ich unterwegs war—was ich tun musste—wäre es ein Leichtes, meinen verdammten Verstand zu verlieren. Ich blieb ruhig, schlief, vertrieb mir die Zeit mit einem Tablet voller Filme. Das perfekte zweitägige „Faulenzer-Fest", solange ich nicht darüber nachdachte, dass ich gerade mit Lichtgeschwindigkeit in einem Frachtschiff durchs Weltall schoss.

Achtundvierzig Stunden war ich schon in diesem Würfel eingeschlossen. Ja, ich war vollständig mit Koalitions-Tarnrüstung und Helm ausgerüstet. Die Ärztin mit den zusammengekniffenen Augen im Abfertigungszentrum in Miami hatte mir versprochen, dass ich mit den Luft- und Stromaufbereitern, die in den Anzug eingebaut waren, zwei Wochen lang überleben konnte. Viel länger als die zwei bis drei Tage, die die Reise in Anspruch nehmen würde.

Aber ich war mir nicht sicher, ob ich dem Weib trauen konnte. Mein Kopf tat immer noch weh, wo sie mir eine Nadel in den Schädel gejagt hatte, um mir eine sogenannte neuronale Prozessor-Unit einzupflanzen, ein Gerät, mit dem ich angeblich sogar die Alien-Sprachen verstehen würde, die mir auf meinem Reiseziel unterkommen würden: dem Gefängnisplaneten, der nur als „die Kolonie" bekannt war.

Die Kolonie war so etwas wie ein schmutziges kleines Geheimnis, von dem niemand wissen sollte. Ein paar Erdensoldaten hielten sich laut Berichten dort auf, von der eigenen Regierung wie Dreck weggeworfen. Vor ein paar Monaten hatte Senator Brooks aus Massachusetts Nachricht erhalten, dass sein Neffe, ein Navy SEAL, der sich freiwillig zur Koalitionsflotte gemeldet hatte, unter mysteriösen Umständen auf dieser weit entfernten Welt umgekommen war. Und Captain Brooks hatte anscheinend irgendwo da draußen im Krieg noch einen Bruder.

Der Senator liebte seine Schwester, und die liebte ihre Söhne. Die Familie Brooks war wohlhabend und einfluss-

reich, mit einer stolzen Militärge-
schichte, die bis in den US-Bürgerkrieg
zurückreichte. Mama Brooks war außer
sich vor Wut gewesen, als ihre Söhne
sich zur Koalitionsflotte gemeldet hatten.
Und jetzt, wo einer von ihnen noch da
draußen war und der andere unter mysteriösen Umständen gestorben...nun, da
wollte sie Antworten.

Und sie war gewillt, für diese zu zahlen. Zahlen. Drohen. Schmeicheln. Fordern. Sie war gewillt, meinem Sohn
etwas anzutun, um die Wahrheit über
ihren zu erfahren. Ich konnte die Liebe
einer Mutter nachvollziehen, den scho-
nungslosen Schmerz, den sie mit sich
brachte. Ich hatte zugestimmt, den Auftrag anzunehmen. Nicht, weil ich wollte,
sondern weil es Wyatt noch mehr
Schmerzen bereiten würde, es nicht zu
tun. War ich aber erfolgreich, würde das
für seine Operationen bezahlen und dafür, sie von den besten Ärzten, die die

Familie Brooks sich leisten konnte, durchführen zu lassen.

Und leisten konnte sie sich viel.

Dafür musste ich nichts weiter tun, als ihnen die Wahrheit über die Gefängniskolonie zu liefern. Über das verseuchte Fleisch unserer Krieger. Die Wahrheit darüber, was mit unseren Militärkräften passierte.

Captain Brooks hatte seinem Land gut gedient, dann hatte er sich freiwillig dazu gemeldet, als Koalitionskämpfer ins All zu ziehen und den mysteriösen Feind zu bekämpfen, den noch niemand gesehen hatte. Den Hive. Gerüchte und Verschwörungstheorien waren überall. Aber diese Kreaturen waren angeblich furchterregende Wesen direkt aus *Star Trek*. Monster, die so schrecklich waren, dass die Regierungen der Erde beschlossen hatten, die Bedingungen der Koalition zu erfüllen und Bräute und Krieger zu schicken, um uns vor einer Hive-Invasion zu beschützen.

Viele Leute glaubten nicht, dass der Hive existierte. Glaubten, dass das Ganze eine Regierungsverschwörung war, eine Vertuschungsaktion, ein Weg, Menschen einer geheimnisvollen Alien-Macht zu opfern, ohne Unruhen auszulösen. Manche meinten, unsere Freiwilligen waren nicht mehr als Vieh auf der Schlachtbank. Die Informationen, die von den Nachrichtensendern verbreitet wurden, waren vage. Keine Bilder von diesen Hive waren je veröffentlicht worden. Sie waren nur die Bösewichte im All, weit weit weg, mythische Kreaturen, die uns nichts anhaben konnten. Aber das schien nur das zu sein, was die Regierung uns wissen lassen wollte. Menschen in Machtpositionen argumentierten, dass die Wahrheit darüber, was da außerhalb unserer Atmosphäre, hinter dem Mond und außer Reichweite unserer Space Shuttles vor sich ging, eine Massenpanik auslösen würde. Ausschreitungen. Chaos in den Straßen.

Sie wollten scheinbar, dass die Wahrheit verborgen blieb, zu unserem eigenen Schutz.

Das war mir alles egal. Mir ging es nur um Wyatt und meine Mutter. Wenn mir jemand Geld dafür geben würde, die Wahrheit zu finden, dann würde ich losziehen. Die Wahrheit interessierte mich nicht. Mich interessierten weder Verschwörungstheorien noch Vertuschungsaktionen. Was mich interessierte, das war das Geld, welches mir dieser Auftrag einbringen würde. Die Operationen, die Wyatt brauchte, und für die dieses Geld bezahlen würde. Mich interessierte die Gesundheit meines Sohnes.

Und falls ich versagte? Nun, dafür würde ich bezahlen müssen. Sie würden ihm wehtun. Sie würden meine Mutter töten und meinen Jungen foltern. Diese kleinen Details hatten sie mir erst ganz am Ende mitgeteilt, natürlich.

Aber ich glaubte ihnen die Drohungen. Etwas in Mrs Brooks' fanatischem

Blick jagte mir einen Schauer über den Rücken. Sie hatte beide Söhne verloren, und anscheinend auch den Verstand und jeden Sinn für menschlichen Anstand. Nun, es gab kein Zurück mehr. Mein *einziger* Fokus war es nun noch, zurück nach Hause zu Wyatt zu gelangen, der wahrscheinlich gerade in diesem Moment unter seiner Power Rangers-Kuscheldecke schlief und seinen Plüschtiger namens Roar an sein süßes, unschuldiges kleines Kinn gedrückt hatte.

Weltraum-Aliens waren nicht meine größte Angst. Aber wenn Wyatt nicht normal laufen konnte, nicht wachsen, immer dazu gezwungen sein würde, nur zuzusehen, wie die anderen Jungs herumtobten und spielten? Das würde sein kleines Herz brechen, und ich würde nicht akzeptieren, dass mein Baby litt. Nicht mit mir.

Und diese Drohungen, die sie gegen ihn ausgesprochen hatten? Ich ertrug es nicht, darüber nachzudenken. Ich würde schlicht und einfach nicht versagen.

Ich erschrak, als der Container unter mir ruckelte, und ich merkte, dass wir uns bewegten. Ein Schwingen, als würden wir von einem Kran gehoben und durch die Luft gehievt werden.

Alles verlief genau so, wie sie es mir gesagt hatten.

Zwei Tage an Bord eines Frachters, Ankunft auf der Kolonie. Wir waren vor ein paar Stunden gelandet, und das Dröhnen der Schiffsmotoren ließ mir bei der Landung die Zähne im Kopf klappern. Ein kleiner Ruck, als wir auf der Oberfläche des Planeten aufsetzten. Und jetzt, wenige Stunden später, wurde ich abgeladen und in ihre neue Lagerhalle gebracht. Ich war mit einer Ladung von Saatgut aus dem Salvard Global Saatgut-Keller verladen worden. Ich hatte so lange auf ihr Logo gestarrt, dass ich es schon im Schlaf zeichnen könnte.

Anscheinend arbeitete die Kolonie

gerade daran, ihren neuen Planeten zu terraformen, um ihn einladender zu gestalten. Sie brachten Pflanzen aus jeder Heimatwelt der Koalition ein. Ich hatte neben zehn Meter hohen Ahornbäumen, Ulmen und Robinien geschlafen. Im Frachtraum befanden sich außerdem Tannen und dürreresistente Sträucher jeglicher Art. Riesige Bäume, die zu groß waren, um sie über ihre tolle Transporter-Technologie zu schicken.

Wir waren zur Basis 3 unterwegs, wo der Gouverneur meinen Quellen zufolge kürzlich über das Interstellare Bräute-Programm eine Erdenfrau als Gefährtin gewonnen hatte. All das hier war für sie. Seine Hingabe—oder Besessenheit, je nachdem, wer die Geschichte erzählte— war so vollkommen, dass er eigens für sie einen Erdengarten anlegen ließ. Ich würde mich auf dem Planeten einschleusen können dank einer Frau namens Rachel, der ich noch nie begegnet war.

Die Wege, auf den Planeten zu gelangen, waren begrenzt. Niemand von der Erde war zugelassen, außer, er oder sie war ein Koalitionskämpfer oder eine Braut. Ich war nicht gerade der militärische Typ. Ich hatte noch nicht einmal eine Waffe in der Hand gehalten. Die andere Option war es, sich zum Interstellaren Bräute-Programm zu melden, aber ich erfüllte ihre Anforderungen nicht. Ich hatte Wyatt. Ich war eine Mutter. Außerdem hatte ich Null Interesse daran, Gefährtin eines Weltraum-Aliens zu werden oder die Erde zu verlassen.

Nein. Ich wollte einfach nur die verdammte Story, und dann nach Hause. Und so war ich als blinde Passagierin unterwegs, mit einem Satz Erdenbäumen verschippert wie ein Paket.

Wie das auf einem Gefängnisplaneten möglich war, das wusste ich nicht. Aber das war ja auch der Grund für meinen Auftrag. Die Wahrheit über die Kolonie zu entdecken. Sie zu enthüllen. Informationen darüber auf die Erde zu bringen, was hier wirklich vorging. Die Lieferung bestand tatsächlich nur aus Bäumen und Büschen, Blumen und Blumenzwiebeln. Es waren keine Waffen darunter geschmuggelt gewesen. Ich hatte zwei lange Reisetage Zeit gehabt, mich dessen zu versichern. Also gab es diese Lieferung wirklich nur deswegen, weil ein Gouverneur auf dem Planeten seine Erdengefährtin liebte? Wenn das so war, warum war ich dann in Rüstung gesteckt und gewarnt worden, um jeden Preis meine Entdeckung zu vermeiden? Diese verdammte Rüstung zeichnete alles auf, jeden Herzschlag und jedes Augenzwinkern, jede Sekunde Aktivität. Alles, was ich hörte oder sah. Wenn es auf dem Gefängnisplaneten so gefährlich war, warum dann die Bäume?

Egal. *Egal. Rein, Info sammeln. Nach Hause zu Wyatt.*

Kacke. Die Rüstung. Die Idioten auf der Erde würden wahrscheinlich irgendwann die Daten herunterladen und sich wundern, warum zum Teufel ich einen Orgasmus gehabt hatte. Ich hoffte nicht. Bitte, nein. Manche Details ließ man besser in Ruhe.

Davon zu träumen, dass ein scharfer Adonis mich an die Wand gedrückt und mich zum Schreien gebracht hatte? Jawohl. Das war eine dieser Privatsachen.

Der Container setzte mit einem leisen Knirschen auf, und ich blickte auf die Uhr. Ich hatte genau zwanzig Minuten lang zu warten, dann sollte ich mit den Werkzeugen, die sie mir gegeben hatten, die Nieten und das Seitenpaneel entfernen, wieder anzbringen und mir einen verborgenen Beobachtungsposten suchen. Ich sollte mich versteckt halten und Informationen sammeln. Das war's. Ich musste in drei Tagen wieder hier sein, für die Rückreise zurück im Container sein. Ich blickte auf mein Handgelenk und seufzte erleichtert, als ich sah, dass der

Timer funktionierte. Siebzig Stunden und fünf Minuten, bis ich wieder nach Hause durfte.

Ich hatte eine Karte der Basis, aber sie hatten mich gewarnt, mich nicht darauf zu verlassen. Die Informationen waren mindestens fünf Monate alt, und Dinge veränderten sich. Bewegten sich. Leerstehende Räume waren womöglich nicht mehr leer.

Aber ich war flink, geschickt und klein. Auf der Schule war ich Turnerin gewesen. Ich konnte Wände hochklettern und mich von Gerüsten hängen, wenn notwendig.

Nach gezählten zwanzig Minuten und zwei Sekunden holte ich zweimal tief Luft und setzte mir den Helm auf, bevor ich die kleine Bohrmaschine in der Ecke des Containers hochhob und mich an die Arbeit machte. Zu behaupten, dass es mich drängte, aus der Kiste zu gelangen, wäre untertrieben. Ich hatte noch nie Platzangst gehabt, aber ich war mehr als bereit für etwas frische Luft und gar Fenster.

Fünf Minuten später war ich frei, die Seitenwand wieder festgeschraubt. Ich holte tief Luft, um mein rasendes Herz zu beruhigen. Gott, ich tat es wirklich. Ich blickte mich um. Die Hauptbeleuchtung in der Lagerhalle war aus, nur ein paar Notlampen tauchten den Raum in sanftes weißes Licht. Jede Kiste und jeder Baum ragten über mir auf wie riesige Schatten.

Ich war alleine auf einer Alien-Welt, aber ich fühlte mich gejagt. Beobachtet.

Selbst die Bäume schienen mich im Auge zu behalten.

Ich schüttelte das Gefühl ab und huschte wie eine Maus an den Rand der Lagerhalle, und fing an, nach den Lüftungsschächten zu suchen. Die Karte, die ich mir ins Gedächtnis geprägt hatte, zeigte ein großes Klimaregulierungssystem mit Lüftungsschächten, die groß genug waren, dass ich aufrecht darin gehen konnte. Das System von Lüftungstunneln bildete ein Labyrinth unterhalb der Basis. Ich versuchte, nicht darüber nachzudenken, dass ich von einem engen Raum in den nächsten wechselte. Ich holte tief Luft und dachte an meinen Sohn.

Er brauchte keine schwache, verängstigte Mutter. Er brauchte mich, ich musste für ihn stark sein.

Und wie die sprichwörtliche Ratte begab ich mich in den Irrgarten. Ich hatte keine Wahl, als mein Möglichstes zu tun, zu überleben.

2

*K*jel, *Everianischer Jäger, Die Kolonie*

Die engen, feuchten Wände ihrer Pussy zogen sich um meinen Schwanz herum zusammen. Ich hatte versucht, sanft zu sein und mich zurückzuhalten, aber das hatte nicht funktioniert. Nicht, als ihre sanfte Stimme mich geradezu anflehte, sie zu ficken. Sie wollte meinen Schwanz, wollte von ihm ausgefüllt sein. Das würde ich ihr nicht verwehren, oder mir selbst. Diese Lust.

Ich ließ mir nicht gern von einer Frau sagen, was ich tun sollte. Ich war es, der das Sagen hatte. Ich war derjenige mit dieser Macht. Ich war der Beschützer, Wächter, der Dominante. Aber als ihre Pussy über der Spitze meines Schwanzes triefte, hatte sie die ganze Macht, und ich buckelte geradezu vor ihr. Und als ich bis zu den Eiern in ihr vergraben war und mein Orgasmus sich in meiner Wirbelsäule zusammenballte, da gab ich auf. Ich nahm sie. Heftig. Tief. Mit meisterhaften Stößen brachte ich sie an den Rand und darüber hinaus. Es war der scharfe Griff ihrer Fingernägel in meinen Schultern, der mich über die Grenze brachte. Wie ihre Fersen sich in meinen Hintern drückten, mich noch tiefer in sie hinein zogen. Der Klang ihrer Stimme, als sie ihre Lust herausschrie.

Aber es war das Brüllen meiner eigenen Erlösung, das mich in meinem leeren Zimmer aufwachen ließ. Da war keine Frau an eine Wand gedrückt. Keine Frau, die ich am Fleck festnagelte, deren Körper sich über meinen harten Schaft herunterließ, alles von mir aufnahm, mich tief entleerte. Ich war alleine in meinem Bett, und ich war von den Überresten eines Orgasmus überzogen. Meine Faust war um mein pochendes Glied geballt, aus dessen Spitze immer noch Samen pulsierte. Es war zu viel. Zu viel. Ich hatte keine Erinnerung daran, je zuvor so heftig gekommen zu sein, und da war keine willige Frau, die mich anbettelte, sie zu ficken. Kein Geruch von ihr. Gar nichts. Nichts als das Nachhallen eines Traumes, und ein Körper, der so angespannt war, dass ich glaubte, aus der Haut zu platzen.

Mein Atem ging stoßweise, meine Haut war erhitzt. Das einfache Laken über mir war mir zu viel. Ich schob es von mir, spürte das heiße Schmieren des Samens auf meinen Schenkeln. Ich schloss die Augen, genoss die letzten Überreste des Wahnsinns-Orgasmus. Ich atmete tief aus, gab mich der Trägheit hin, die Sex immer folgte, nur dass gar nicht gefickt worden war. Nein, ich hatte einen feuchten Traum gehabt wie ein notgeiler Teenager. Ich hatte meine Impulse, meine Begierden nicht beherrschen können. Ich war außer Kontrolle gewesen.

Ich streichelte mich selbst, arbeitete die letzten Tropfen Samen aus der Spitze. Mein Bauch war von weißer Essenz überzogen, die langsam abkühlte.

„Scheiße." Was zur *Hölle* war gerade passiert? War es dem Hive gelungen, in meinen Kopf einzudringen? Hatten sie an meinem Verstand herummanipuliert, wie sie es auch mit meinem Körper getan hatten?

All die Stunden, die sie damit verbracht hatten, mich zur Zucht zu zwingen—dazu, ihnen meinen Samen zu geben, ihre verstörenden weiblichen Drohnen zu ficken, hatte ich ertragen.

Und jetzt? Nur ein Blick auf *sie*, Lindsey, und ich war ihr verfallen. Hatte meine Widerstandskraft verloren. Meine Kampfkraft.

Es musste eine Falle sein, ein Trick des Geistes. Es gab keine Frauen auf der Kolonie, die aussahen wie sie. Keine gefährtenlosen Weibchen wanderten des Nachts durch die Gänge, kämen so nahe an mir vorbei, dass ich den Ruf einer geprägten Gefährtin erkennen und mit ihr Träume teilen könnte.

Das war der bisher grausamste Trick. Nicht, weil der Traum nicht angenehm gewesen war, sondern weil er mich geknackt hatte. Mich nach deren Willen zurechtgebogen—nein—nach *ihrem* Willen.

Ich packte das Laken und wischte mir die Hand daran ab, dann den Rest von mir. Meine Haut war feucht, nicht nur von meinem vergossenen Saft, sondern auch von Schweiß. Der Traum war scharf gewesen. Feurig. Mein Schwanz hatte sich nicht vermindert. Er war immer noch steif, immer noch dazu bereit, weiter zu ficken.

Sie zu ficken.

Sie.

Meine Gefährtin.

Dann setzte ich mich auf, zog die Knie an, und mein hungriger Schwanz drückte gegen meinen Bauch. Es war ein sicheres Zeichen dafür, dass das, was mein Verstand mir sagte, Wirklichkeit war. Mein Schwanz wusste es.

Meine Gefährtin war nahe. Nahe genug, um mit ihr Träume zu teilen.

Ich blickte auf meine Handfläche hinunter und rechnete damit, nichts zu sehen. Stattdessen konnte ich kaum atmen, als ich das heiße, rote Mal betrachtete, das mein ganzes Leben lang geruht hatte. Das Muttermal der Everis-Blutlinien brannte. Kribbelte. War erwacht.

Aber das war unmöglich.

Mein Körper wehrte sich gegen dieses letzte Wort. *Gefährtin.*

Lindsey. Meine Gefährtin war Lindsey, und sie hatte wunderschönes helles Haar. So weich zwischen meinen Fingern. Ihr Körper war perfekt, ihre Hüften breit und üppig. Meine Hände versanken in ihrem weichen Fleisch, wenn ich sie hochhob, sie festhielt und sie tief fickte. Ihre Nippel waren harte Spitzen, fest und heiß zwischen meine Lippen gepresst. Ihre Lustschreie hallten noch in meinem Kopf nach.

Lindsey.

Es musste ein Irrtum sein. Es gab hier keine Gefährtin für mich. Keine Gefährtin würde auf die Kolonie kommen. Diejenigen von uns, die dazu verdammt waren, hier zu leben, waren ausgestoßen, im Exil. Zurückgelassen für ein Leben in Einsamkeit. Keine Gefährtin, keine Familie. Nichts als die Erinnerungen an den Kampf und die Folter unter dem Hive. Nichts als karge, zerklüftete Landschaft und ein Herz, das dazupasste.

Aber jetzt? Die Lust hallte noch nach. Mein Schwanz pulsierte, bereit dazu, wieder zu ficken. Ich *hatte* sie gefickt. Ich hatte sie gespürt, gehört. War mit ihr gewandert.

Ich packte meine Hand, rieb den Daumen über das Mal, das nun heiß pulsierte. Es war zum ersten Mal erwacht.

Aber wie?

Everianische Gefährten teilten Träume, wenn ihre geprägten Gefährten in der Nähe waren. Ich war alt, zu alt, um noch Hoffnung zu haben, meine geprägte Gefährtin zu finden. Es war schon auf Everis schwer; nicht alle geprägten Gefährten fanden einander. Aber hier, auf der Kolonie? Unmöglich. Es gab keine Frauen hier außer den wenigen, die über das Bräuteprogramm zugewiesen worden waren. Die wenigen, die Koalitionskriegerinnen gewesen und den Gräueltaten des Hive entronnen waren, waren auf Basis 6 untergebracht, auf der anderen Seite des Planeten. Und sie waren bereits lange genug hier, dass mein Mal längst erwacht wäre, wenn eine von ihnen für mich bestimmt gewesen wäre. Nein, sie waren nicht für mich.

Aber Lindsey war es.

Ich schwang die Beine über den Bettrand und ließ meine feuchte Haut von der Luft trocknen. Ich fuhr mir mit der Hand durchs Haar, schöpfte tiefe Atemzüge, um mein Herz zu beruhigen, aber nichts wollte meine rasenden Gedanken zur Ruhe bringen.

Meine Gefährtin war hier. Auf der Kolonie. Sie musste sich innerhalb des Nahebereiches befinden, damit mein Mal erwachen und wir Träume teilen konnten. Sie war nahe. Irgendwo. Nahe genug, damit ich ihr im Traum begegnen und wissen konnte, dass sie perfekt war. Ich wollte sie und mein Schwanz ebenso.

Ich packte ihn am Ansatz, streichelte ihn, glitt mit dem Daumen über die Unterseite der Spitze. Ich musste noch einmal kommen. Meine Lust auf sie war zu groß. Ich wusste nichts über sie, nur, wie sie aussah, wie sie sich anfühlte wenn ich tief in ihr vergraben war, wie sie klang, wenn sie kam.

Verdammt, ich würde kommen, und das nur nach wenigen Stößen. Wenn ich mich an den Traum nicht erinnern könnte, würde ich fast denken, dass mit mir etwas nicht stimmte. Verhielten sich andere Everianer auch so, wenn sie ihre Gefährtin fanden? Kamen sie auch so heftig und unwillkürlich? Nicht nur einmal, sondern zweimal?

Scheiße. Ich spritzte heiß über meine ganze Hand und biss die Zähne zusammen bei der scharfen Lust. Mein Atem stockte. Noch einmal. Ich wischte mir den Samen ab. Noch einmal.

Ich stand auf und blickte auf meinen Schwanz hinunter.

Immer noch hart. Immer noch verdammt gierig nach ihrer Pussy. Die Ader an der Seite pulsierte, die Spitze meines Schwanzes war beinahe lila, zornig darüber, dass er nicht gesättigt werden konnte.

Ein Piepen war über die Kommunikator-Einheit zu hören. Ich wischte mir mit der Hand übers Gesicht, spürte das Kratzen meiner Bartstoppeln. Ich ging zum Tisch und hob mein Handgelenks-Gerät auf.

„Jäger Kjel", sagte ich mit mürrischer Stimme. Kacke. War das die Auswirkung des Traumes?

„Kjel. Wir haben eine Sicherheitswarnung."

Es war Gouverneur Rone. Zum Glück war ihm mein ruppiger Ton entweder nicht aufgefallen, oder er erwähnte ihn nicht. Er verwendete nicht gerne viele Worte, wenn es weniger auch taten. Darin waren wir uns ähnlich, und das war womöglich der Grund dafür, dass ich den Prillon-Krieger so sehr schätzte. Er hätte mich nicht wegen einer Kleinigkeit gerufen, also musste das hier eine ernsthafte Angelegenheit sein.

Die übliche scharfe Achtsamkeit, die mich erfüllte, sobald ich einen solchen Anruf bekam, besonders wenn meine Jagdkünste gefragt waren, kämpfte gegen die Nachwirkungen meines Traumes an, aber konnte nicht die Überhand gewinnen. Nein, das Mal war zu mächtig. Ich stand nackt und mit hartem Schwanz da, meine Not pochte mir immer noch durch die Adern und ich hatte Mühe, im Lustnebel, der meinen Geist verhüllte, zu denken,—*ihr* Nebel.

Der Gouverneur unserer Basis hatte den Jäger gerufen, der ich war. Das war mein Wert auf diesem Planeten. Aber mein Bedürfnis? Die intensive Verlockung, die das Mal nun für mich darstellte? Das war für eine gänzlich andere Jagd. Ich musste sie finden, meine geprägte Gefährtin, wo zur Hölle auch immer sie sich befand, auf diesem Planeten oder auf einem anderen.

Und was war das in ihrem Traum für ein seltsamer Raum gewesen? Das kleine Kind in dem seltsamen Bett mit Metallgittern? Die ältere Frau, die zusammengesackt in einem Sessel schlief? War das ihr Zuhause? War das der Ort, an dem ich sie finden würde? *Lindsey.*

„Jäger Kjel", wiederholte Gouverneur Rone und durchbrach meine Gedanken. Mein Mal brannte, erinnerte mich an meine Prioritäten. *Sie* zu finden war nun meine persönliche Mission, aber ich arbeitete auch für den Gouverneur und für jeden Krieger, der hier mit mir auf diesem Planeten festsaß. Der Hive hatte hier in den letzten paar Wochen Unruhe gestiftet, unseren Zufluchtsort infiltriert —oder unser Gefängnis—je nachdem, wie man die Sache sah. Der Hive hatte die Kolonie in einen gefährlichen, unsicheren Ort verwandelt. Die vorsichtigen Blicke, die die Krieger hier einander zuwarfen, die Angst, die sie zu verbergen versuchten—Angst davor, dass der Hive erneut die Kontrolle über ihren Geist, ihren Körper erlangen würde—dieser Gedanke ließ auch mich erzittern. Ich war dazu geboren, nichts zu fürchten, aber selbst ich konnte das Beben nicht leugnen, das mich beim Gedanken daran schüttelte, erneut gefangen genommen zu werden.

Gefoltert.

Manipuliert.

Der einzige Weg, die Angst zu beherrschen, war die Jagd. Und den Hive zu jagen, war mein Spezialgebiet.

„Kjel? Können Sie mich hören?"

„Ja, Maxim. Ich komme direkt in die Kommandozentrale", antwortete ich.

„Es eilt", antwortete er und beendete damit die Unterhaltung.

Ich ging zum S-Gen-Gerät in der Ecke und stellte mich auf die schwarze Scanner-Plattform. Die dünnen grünen Lichtstrahlen wurden aktiv, und der Spontane Materie-Generator generierte mir eine frische Rüstung und Waffen.

Die Rüstung war Koalitions-Uniform, die schwarzen und grauen Flecken eine passende Tarnfarbe für die meisten Expeditionen im Weltall. Der Ionen-Blaster war klein, und ich schnallte ihn mir an den Oberschenkel. Die Rüstung war leicht und bequem. Manche der Krieger auf der Basis hatten wieder damit begonnen, Zivilkleidung zu tragen. Bunte und weiche, fließende Stoffe mit Mustern aus den diversen Heimatwelten brachten Farbe und Licht in die Gemeinschaftsbereiche und Speisesäle.

Die Bräute hatten das veranlasst, hatten einen Hauch von Normalität in eine Situation gebracht, die alles andere als normal war. Ich aber fühlte mich nackt und ausgeliefert ohne meine Rüstung, so wie viele der anderen auch. Und solange ein Verräter immer noch frei herum lief und der Hive geheime unterirdische Operationssäle in Höhlen baute, musste ich jagen, und konnte nicht mit den Frauen herumsitzen, plaudern und

Wein in kleinen Schlucken trinken wie ein abgerichtetes Haustier.

Ich ächzte und rückte mir den Inhalt meiner Hose zurecht. Es schien, als würde ich meine Besprechung mit dem Sicherheitsteam und dem Gouverneur der Basis 3 mit einer Erektion verbringen. Mein Verlangen hatte nicht nachgelassen, und mein Schwanz würde sich nicht beruhigen, egal, was das Thema war. Ich konnte nur hoffen, dass die Rüstung das Offensichtlichste verbarg. Mein Mal war erwacht, und nichts würde mich nun erleichtern, außer meine Gefährtin zu finden und sie in Besitz zu nehmen.

„Da." Der Gouverneur, Maxim, deutete auf den Videobildschirm. Ich folgte seinem Finger und sah den Eindringling. Das Bild war kristallklar und scharf. Der Mann trug die übliche Rüstung eines Koalitionskriegers; Hosen, Hemd, selbst den

Helm, und er bewegte sich mit der Geschmeidigkeit eines Athleten und der Sicherheit von jemandem, der genau wusste, wohin er musste, als er ein Gitter entfernte und in den Ventilationstunneln verschwand, die unterhalb der gesamten Basis verliefen.

„Wie lange ist es her, dass das aufgenommen wurde?", fragte ich. Maxim und ich standen Seite an Seite. Ich war gleich groß wie er, aber weniger stämmig als der Prillone, da ich mich auf der Jagd rasch bewegen können musste. Ich war geschickt und flink, und doch brauchte es harte Arbeit und laufendes Training, um in Topform zu bleiben.

„Zwanzig Minuten." Der Gouverneur war ein mächtiger Krieger; er diente der Kolonie nun mit seinen Führungsqualitäten. Er war erwählt worden, in einer Wahl unter den Kriegern, die ihm untergeben sein würden. Es gab unter Kriegern keine größere Ehre, und ich respektierte das. Er diente als Vermittler zwischen dem Bräute-Abfertigungszentrum auf der Erde und der Kolonie, und hatte gemeinsam mit seinem Sekundär Ryston eine brillante menschliche Wissenschaftlerin zur Gefährtin bekommen, mit dunklem Haar und einem störrischen Blitzen in den Augen, das ich bewunderte. Gemeinsam hatte ihr Bund einen Funken Hoffnung in der gesamten Kolonie entfacht. Sie traten oft gemeinsam in der Öffentlichkeit auf, um andere dazu zu inspirieren, zu hoffen, zu träumen, und sich der mentalen Invasion der Zuweisungsprotokolle des Bräuteprogramms zu unterziehen. Viele waren dem gefolgt und warteten nun auf eine Zuordnung.

Ich war das Gegenteil von Maxim. Meine Stärke war es, mich auf die Jagd in die Schatten zu begeben. Ungesehen. Tödlich.

Nicht gerade inspirierend. Mich zu sehen entfachte für gewöhnlich Angst, nicht Hoffnung. Es störte nicht, dass ich mir eine Art Team eingehandelt hatte, zu dem auch eine menschliche Jägerin gehörte. Eine Braut namens Kristin, die als Gefährtin für die Prillon-Krieger Tyran und Hunt eingetroffen war. Außerdem in dem Trupp war ein Prillon-Krieger namens Marz, einer der wenigen Männer, zu dem ich während unserer Zeit beim Hive Vertrauen gefasst hatte. Zu guter Letzt ein riesiger atlanischer Kampflord mit dazupassendem Temperament. Rezzer, meine liebste Nervensäge. Er bekämpfte sein Biest jeden verdammten Tag. Und jeden Tag fragte ich mich, ob ich gerufen werden würde, um einen Freund unschädlich zu machen.

„Ist er auch von den anderen Überwachungsgeräten im Umfeld entdeckt worden?", fragte ich. Die Überwachung in der Lagerhalle hatte die Temperaturänderung eines lebenden Wesens aufgespürt und die Warnsensoren ausgelöst.

„Negativ", sagte ein Mann aus dem Sicherheitsteam. Er saß an der Steuerkonsole und seine Finger glitten über die glänzenden Module, während seine Augen das Ergebnis auf den diversen Videobildschirmen vor uns verfolgten. Die gesamte Wand war voll mit unterschiedlichen Aufzeichnungen im Gebiet von Basis 3. Zu Beginn war es schwer zu erfassen gewesen. So viele Orte, die es zu überwachen und zu beobachten galt. Doch dann sah ich, dass es systematisch organisiert war. Die Schirme waren von Norden nach Süden angeordnet, Osten nach Westen, geographisch auf der ganzen Basis verteilt.

Der Techniker, ein Krieger vom Planeten Trion, runzelte die Stirn. „Das erste Warnsignal kam vor zwanzig Minuten und von innerhalb des Lagerbereichs. Davor war er von keinem Sensor in den Korridoren oder sonst wo aufgespürt worden."

„Er muss doch von irgendwo her gekommen sein", fügte der Gouverneur hinzu, seine Stimme eine Mischung aus aufrichtiger Überraschung und einem Hauch von Frust. Er blickte auf den Sicherheitstechniker hinunter, dann wieder zurück auf den Schirm.

„Wir haben keine Daten, die zeigen würden, von wo er gekommen sein könnte. Es ist, als wäre—" Er brachte den Satz nicht zu Ende.

„Er wurde nicht hinein transportiert", fügte ich hinzu, sprach laut aus, was ich als Wahrheit erkannte. Eine Sache, die von der Koalition mit eiserner Faust kontrolliert wurde, war ihre Transporter-Technologie. Wer nicht autorisiert war, ging nirgendwohin. Ohne Ausnahme.

„Nein, das wurde er nicht", bestätigte der zweite Sicherheitstechniker. „Ich habe bei der Transportstation nachgefragt. Kein Transport in den letzten zwei Tagen. Hinein oder hinaus."

Es war möglich, sich außerhalb der Transportstation an einen beliebigen Punkt auf der Basis transportieren zu

lassen, wenn man die korrekten Koordi-
naten hatte, aber das Team würde davon
erfahren. Selbst, wenn es jemand ohne
die entsprechende Genehmigung versuchte. An diese Art von Daten kam man
leicht heran, was sicherstellte, dass der
Hive nicht ohne weiteres für eine
schnelle Schlacht hereinplatzte.

„Dann muss er jemand sein, der uns
bekannt ist. Sabotage?"

Ich wollte die Möglichkeit, dass sich
ein weiterer Verräter in unserer Mitte
befinden könnte, gar nicht erwägen.

Ich sah zu, wie der Mann sich über
den Schirm bewegte, schnellen Schrittes
hinter einem Container hervor und auf
den großen Lüftungsschacht in der west-
lichen Wand zu. Sein vom Helm ver-
hüllter Kopf blickte nach links und
rechts, als würde er den Bereich durch-
suchen, aber er ließ sich von nichts aufhalten. Er wusste sogar, wo er die Hand
über die Wand wischen musste, damit
sich das Steuerfeld öffnete.

Mein Mal flammte auf, pulsierte mit einer Hitze, die geradezu brannte, während ich mir die Aufzeichnung ansah. Ich rieb über die Stelle, aber es ließ nicht nach.

„Warum macht er sich die Mühe, in den Luftschacht zu gehen?", fragte der Gouverneur. „Das gesamte System ist automatisiert und wird von außerhalb gesteuert. Selbst, wenn er die Luft vergiften oder uns im Schlaf mit Gas angreifen wollte, es wäre unmöglich." Er wandte sich an mich, und sein wacher Blick traf meinen, als ich vom Schirm wegsah. Das Pulsieren in meiner Hand ließ nach. „Es gibt keinen verdammten Grund dafür, dass sich irgendjemand dort aufhält."

Als ich wieder auf den Mann blickte, der das neueste Mysterium auf unserem geplagten Planeten darstellte, flammte mein Mal wieder auf. „Außer, um sich zu verstecken."

"Was?"

„Ich finde ihn", raunte ich in meinen

Bart. Warum reagierte mein Mal auf das Bild eines Mannes auf einem Videoschirm? Mit mir stimmte wohl etwas nicht, denn mein Schwanz presste sich gegen die schwere Rüstung. Manche Männer fühlten sich zu anderen Männern hingezogen, aber das traf auf mich nicht zu. Ich wurde steif beim Gedanken an weibliche Rundungen, das weiche Gefühl einer Frau, ihrer Brüste in meinen Händen, der nassen Hitze ihrer Pussy. Ich wollte eine Gefährtin. Eine *weibliche.* Ich wollte Lindsey. Nach dem Traum, den wir gerade geteilt hatten, wollte ich nur sie. Mein Mal würde keine andere mehr zulassen.

Also warum zum Teufel war ich so scharf darauf, dem Bastard im Lüftungsschacht hinterherzurennen? Verstärkte meine Lust nach einer Gefährtin vielleicht meinen Jagdtrieb?

Vielleicht war ich mit dem angesteckt worden, was der Verräter Krael Gerton auf dem Planeten eingeschleppt hatte. Er hatte gemeinsam mit dem Hive daran gearbeitet, uns alle zu vernichten. Vor meiner Ankunft hatte sein Frequenzgenerator einige Hive-Implantate wiederbelebt. Mit Hilfe von Quell-Injektionen hatte er einen Mann von der Erde ermordet und beinahe Gouverneur Maxim getötet.

Die neue Gefährtin des Gouverneurs, eine brillante Wissenschaftlerin namens Rachel, war hinter seine Machenschaften gekommen und hatte ihn aufhalten können, aber er war ihnen entwischt.

Aber das war vor mir. Ich hatte den Verräter gesehen, in einer unterirdischen Hive-Integrationsstation hier auf der Kolonie. Ich hatte ihn in Stücke reißen wollen.

Er war entkommen. Er hatte meinen Freund getötet, Marz' Sekundär, den Prillonen Captain Perro. Seitdem war ich auf der Jagd nach ihm. Schon zweimal hatten wir ihn in den Höhlen in die Ecke gedrängt, die ein endloses natürliches

Tunnel-System unter der Oberfläche bildeten. Und beide Male war er mir entwischt.

Es war egal. Ich jagte. Dazu war ich geboren. Und sein Geruch, der Rhythmus seines Herzschlags gelangte zu mir durch die dicksten Felsen hindurch, durch Zeit und Raum, mit einer Kenntnis, die ich nicht erklären konnte, und die ich nicht hinterfragte. Der Verräter würde sterben. Dafür würde ich persönlich sorgen.

Ich war nicht so angreifbar, wie Captain Brooks es gewesen war. Ich war nicht so empfänglich für Hive-Frequenzen wie die anderen. Verdammt, ich hatte kaum Cyborg-Teile. Das eine Implantat in meinem linken Arm war so klein, dass es keine Auswirkungen auf meinen Körper oder meine Fähigkeiten hatte. Aber es war ihr Besitzmerkmal gewesen, ihr Versuch, mich zu kontrollieren. Es hatte ausgereicht, um mir eine

Verbannung hierher einzuhandeln, zusammen mit den anderen Verstoßenen.

Ich hatte keinen Schwarzen Tod, der sich unter meiner Haut ausbreitete, oder Hive-Kommandos, die in meinem Schädel schwirrten. Nein, ich hatte einen Ständer, der Felsen spalten konnte, und ein Mal, das für meine wahre Gefährtin brannte. Doch da war keine Gefährtin. Lindsey gab es nur in meinem Traum.

War der Hive schließlich doch in meinen Verstand eingedrungen? All die Folter und Qual, die dazu geschaffen war, mich zu zwingen, ihre seltsamen Drohnenfrauen zu schwängern. Aber die Jäger-DNA war stark und schien ihre eigene Kenntnis zu besitzen. Einen Jäger zur Zucht zu zwingen, das gab es nicht. Es war buchstäblich unmöglich. Geraubter Samen starb ab, die Nachkommenschaft würde nie in einem weiblichen Leib Wurzeln fassen.

Aber mit Lindsey? Götter, ich würde

sie dreimal pro Tag ficken, um meinen Samen Wurzeln schlagen und wachsen zu sehen. Der Drang, sie mit meinem Kind zu füllen, war heftig und unabweislich.

Meine Gefährtin. Wie zur Hölle konnte ich mit einer Frau traumwandern, wenn es auf dem gesamten Planeten keine gefährtenlose Frau gab?

Ich wurde langsam verrückt.

„Jäger? Sind Sie noch bei uns?" Die Arme des Gouverneurs waren verschränkt und seine Stirn lag in Falten. Er tappte mit dem Fuß, ein seltenes äußeres Zeichen dafür, dass er sich ärgerte.

Warum war ich hier? Ach ja. Ein Eindringling. „Ja. Ich bin anwesend." So sehr ich das konnte, mit der Erinnerung an Lindseys Pussy und wie sie mich leersaugte, die mir immer noch im Kopf herumwirbelte.

„Finden Sie den Eindringling, aber rasch", befahl der Gouverneur. „Finden Sie heraus, was zur Hölle er vorhat. Wenn er ein Feind ist, wenn er mit dem

Verräter zusammenarbeitet, will ich ihn bis Ende des Tages tot sehen."

Ich nickte dem Gouverneur zu. Nach all dem Scheiß, der auf der Kolonie vorgefallen war—Tod, Hive-Infiltration, Verrat—brauchten wir nicht noch mehr davon.

Solange der Verräter einer von uns gewesen war, hatte er viele Freunde gehabt. Aber jetzt wurde sein Name nicht erwähnt, zumindest nicht von irgendjemandem, der auf der Kolonie lebte und atmete. Er war einfach nur *der Verräter*.

Ich war neu hier, aber ich gewöhnte mich langsam ein und betrachtete die Kolonie als mein Zuhause. Ich wollte den Verräter ebenso sehr finden wie der Gouverneur, und es war mein Job, ihn zu finden und Gerechtigkeit walten zu lassen. Ich war ein Jäger. Rache lag mir im Blut.

Wenn dieser geheimnisvolle Eindringling uns alle töten wollte, dann konnte ich ihm auch nachjagen, trotz des schmerzhaften Dranges, zu ficken, und mit einem brenneneden Mal. Das—oder was auch immer sonst nicht mit mir stimmte—würde warten müssen. *Lindsey* würde warten müssen. Selbst, wenn ich sie finden konnte, würde ich eine neue Gefährtin nicht hierher bringen, in eine so bedrohliche Lage.

Ich klatschte mit der Hand auf eines der Steuerfelder, und das Geräusch brachte mich in Bewegung, der Schmerz des Aufpralls lenkte meinen Verstand von meinem Mal ab. „Bringt mir die Pläne für die Lüftungstunnel. Ich finde ihn."

3

Lindsey

Ich folgte dem Klang von Stimmen, Rufen, Gejubel, durch das weitläufige Netz der Lüftungsschächte auf Basis 3. Sie hatten mir zwar eine Karte gegeben, die mir das Spinnennetz an Pfaden zeigte, aber sie hatten mich nicht davor gewarnt, dass die Lüftungsanlage sich alle paar Minuten aktivierte und ich in einen Orkan geraten würde. Zuerst bekam ich

Panik, dachte, dass ich umgerissen und durch die Tunnel geblasen werden würde wie ein Büschel Steppenkraut. Ich hatte die Hand gegen das glatte Metall gestützt, aber es gab keinen Halt, den ich dort greifen konnte. Also ging ich in die Knie, zog den Kopf ein und wartete ab. Es hielt vielleicht dreißig Sekunden an, dann hörte es so abrupt auf, wie es begonnen hatte.

Sobald es wieder ruhig war, blieb nur noch das Nachhallen des Getöses in meinen Ohren zurück. Ich holte ein paar Mal tief Luft, genoss die Stille und zog weiter. Ich sollte zuerst in die Kommandozentrale—die auf dieser Basis das Herz aller Aktivitäten war—aber der ständige Luftstrom alle paar Minuten trieb mich dazu an, die übergroßen Schächte schnell zu verlassen.

Ja, ich war hier drin verborgen. Ja, es war ein einfacher Weg, ungesehen in die Lagerhalle und wieder hinaus zu gelangen.

Aber das waren die einzigen Vorzüge. Hätte ich meinen Helm nicht getragen, dann hätte ich gar keinen Schutz für meine Augen. Die Luft blies so stark, dass ich nicht sicher sein konnte, mit unbedecktem Gesicht überhaupt atmen zu können. Und ich konnte mir lebhaft vorstellen, was es mit meinem Haar angerichtet hätte. Der „Vom Winde verweht"-Look hatte mir noch nie zugesagt. Diesen Fehler hatte ich nur einmal gemacht, als ich auf das Motorrad meines High-School-Schwarms gestiegen war, mein langes blondes Haar flatterte im Wind, hinter mir wehend wie ein Banner, das meine wilde, verwegene Freiheit verkündete.

Es war wundervoll gewesen. Befreiend. Berauschend. Ich hatte mich wie ein Filmstar oder ein Komet gefühlt. Bis wir anhielten.

Drei Stunden. Meine Mutter hatte drei Stunden gebraucht, zwei Haarwäschen und eine halbe Flasche Haarspülung, um das Chaos zu entwirren, und danach hatte ich das nie wieder getan.

Ich hatte daraus gelernt. Schlussendlich. Es war üblich, dass ich die Lektionen des Lebens auf die harte Tour lernte—aber ich lernte.

Als ich die Stimmen hörte, die Rufe, zog es mich dem Lärm entgegen. Ja, ich war auf einer Mission, aber ich war hier der einzige Erdling, der einen fremden Planeten aus einem Lüftungsschacht heraus erkundete. Alle anderen waren Lichtjahre entfernt, holten sich Big Macs von McDonalds und schliefen in ihren eigenen Betten. Wenn ich ein wenig vom Plan abweichen wollte, so sei es. Außerdem war ich ja auf der Suche nach Männern von der Erde, Navy SEALS und Soldaten und Marines, die wie Gefangene weggesperrt waren. Ich würde nichts Interessantes sehen, während ich durch diese dämlichen Luftschächte kroch.

Entschlossen und neugierig folgte ich

den Geräuschen von Leuten—von Aliens—anstatt zum Zentrum der Basis zu gehen. Ich war damit beauftragt worden, herauszufinden, was auf der Kolonie vor sich ging, nicht wahr? Die einzige Art, wie ich das konnte, war es, die Bewohner zu beobachten, und es hörte sich so an, als wär ein ganzer Haufen von ihnen direkt vor mir.

Warum waren sie so laut? So aufgeregt? So, wie die Laute durch die höhlenartigen Tunnel und Metallwände hallten, war es eine große Ansammlung, und sie machten etwas. Sahen sich etwas an, das Höhen und Tiefen hatte. Wie eine Art Bewerb.

Oder ein Boxkampf.

Ich sah buchstäblich das Licht am Ende des Tunnels. Weiße Lichtstreifen fielen durch die Lüftungsschlitze. Ich lehnte mich gegen die Wand und hielt den Kopf schief, um hindurchsehen zu können.

Das war er. Der Moment, in dem ich

zum ersten Mal Aliens zu Gesicht bekam. Würden sie grün sein, mit Schuppen wie eine Echse? Würden sie blau getönt sein mit eigenartigen Kiemen? Schwänze? Zwei Köpfe? Ein Auge in der Mitte der Stirn, oder eine gespaltene Zunge?

Gott, was, wenn sie mich fressen wollten?

Nein. Nein! Das war nicht möglich. Das Vorbereitungsteam hätte mich vor so etwas gewarnt, oder nicht? Und außerdem, wenn Menschen Futter wären, dann würde es keine menschlichen Krieger geben, die hier rumliefen, sodass ich sie filmen konnte. Nicht wahr?

Nicht wahr?

Der Luftwirbel ging wieder an, und ich rollte mich zusammen und zählte im Kopf bis dreißig. Ich war ziemlich dicht dran, denn bei achtundzwanzig war Schluss.

Genug davon. Ich hielt es nicht länger

aus, also lugte ich hinaus, warf einen ersten Blick auf die Kolonie.

Unter mir breitete sich eine Art Amphitheater aus, und es war gefüllt mit Männern. Nein, nicht Männern. Aliens. Richtig *großen* Aliens.

Ich konnte nur ihre Rücken sehen, da sie alle auf etwas hinunterblickten. Ich konnte nicht sehen, was es war, dem sie zuriefen, zujubelten und zubuhten, denn sie waren alle so verdammt groß. Breitschultrig und groß gewachsen, nicht unbedingt Riesen, aber größer als die meisten Erdenmänner mit Ausnahme vielleicht der Abwehr der Chicago Bears Footballmanschaft. Die meisten von ihnen trugen Rüstung ähnlich meiner, aber groß genug, um perfekt zu ihrem riesigen Körperbau zu passen. Zumindest hatte mein Vorbereitungsteam zu Hause die Kleidung richtig hinbekommen.

Sie waren nicht grün. Oder blau. Von hier aus sahen sie aus wie Männer auf der Erde, nur viel, viel größer. Braune Haare. Goldene. Schwarze. Ein wunderschönes, kupfriges Rot.

Ich seufzte, ein wenig enttäuscht, wenn ich ganz ehrlich war. Wo waren die blauhäutigen Barbaren, über die ich in einer meiner liebsten Romanserien so gerne gelesen hatte? Wo waren die Kerle mit Schuppen, die sich in Drachen verwandeln und Paarungsfeuer in den Körper einer Frau speien konnten, sodass sie vor Verlangen brannte?

Braune Haare, verdammt noch mal? Ernsthaft?

Ich hatte ihre Gesichter noch nicht gesehen, aber sie hatten alle zwei Arme, zwei Beine, äußerst wohlgeformte Hinterteile und riesige, Höschen-schmelzende Schultern.

Gott, ich liebte ein gutes Schulternpaar.

Und das erinnerte mich an Kjel und diesen eigenartigen Traum—den umwerfenden, wundervollen, verdorbenen

Traum. Kjel, mit seinem dunklen Haar und dunklen Augen, und diesem riesigen, orgasmusspendenden Schwanz...

Meine Hand loderte vor Hitze auf, und meine Pussy zuckte zusammen. Ein weiterer Luftstoß kündigte sich an, und ich ging wieder in die Knie. Mist. Das war der fünfte, vielleicht sechste gewesen. Ich zog den Kopf ein und zählte, wartete ab. Ich war die verdammte Luft so leid. Die Schächte. Enge Räume. Zwei Tage im Container eingesperrt, und jetzt war mein Kopf in diesen dämlichen Helm gestopft. Der Luftstoß flaute ab.

Jubel erfüllte die Luft, aller Augen waren von mir abgewandt, also nutzte ich die Gelegenheit, öffnete einen Riegel und schlüpfte hinter der Lattentür hervor. Ich drückte mich eng an die Steinmauer und blickte mich um. Dieser kreisrunde Bereich war eine Art Arena, gänzlich in den felsigen Untergrund gehauen. Mir fiel zwar auf, dass der Himmel blau war und es zwei Monde gab, aber ich wusste, dass ich mich auf all die Aliens konzentrieren musste, und nicht auf den dummen Himmel. Ich trug die gleiche Kleidung wie sie. Ich war klein, viel kleiner als die meisten von ihnen, aber ich konnte mich unter sie mischen. Ich musste nur in die Menge hinein und mitmachen. Niemand würde mitbekommen, dass ich nicht von der Kolonie war. Ich würde sehen, was sie sich ansahen. Es war mehr als nur journalistische Neugierde. Ich wollte aus dem verdammten Lüftungsschacht raus.

Ich trat näher an die Aliens heran, aber sie waren so breit, so groß, dass ich nicht an ihnen vorbeisehen konnte. Ich arbeitete mich am obersten Rang entlang und suchte nach einer Öffnung. Ich hatte schon die Hälfte hinter mir und schnappte Gesprächsbrocken auf.

„—der Beste auf der Kolonie.“

„Ich habe noch nie einen Kämpfer wie ihn gesehen.“

„Selbst Prillonen kriegen einen Atlanen im Biest-Modus nicht klein."

„Zu zweit? Ich wette auf die Prillonen."

„Rezz bringt sie sicher auf die Krankenstation."

„Wie viele denkst du, dass er kleinbekommt?"

Ich hielt mich am Rand, eng an die Rückwand gedrückt und war bedacht darauf, im Schatten zu bleiben. Niemand achtete auf mich, sie waren völlig auf den Wettbewerb konzentriert, der grade im Ring begann. Die Spannung in der Luft stieg merklich an, machte die Männer nervös und auf Wettkampf ausgerichtet, auf Gewalt.

Meine Schulter stieß gegen eine große Stütze, die sich über meinem Kopf in die Höhe schwang. Das riesige Metallteil war mindestens einen Meter breit und verlief nach oben, wo es mit einer Reihe von Balken verbunden war, die etwa zehn Meter über mir eine durchsichtige Dachkuppel stützten. Jeder Balken hatte ein Sims von etwa zehn Zentimetern, auf den ich klettern konnte, und sobald ich erst mal da oben war, waren sie breit genug, dass ich mich auf den Bauch legen, alles beobachten und selbst unbemerkt bleiben konnte. Perfekt.

Wenn ich es nur da hinauf schaffen konnte.

Mit einem Grinsen rückte ich meinen Rucksack zurecht und hob den Fuß an die untere Kante. Jahrelanges Bodenturnen und Training an der Kletterwand im örtlichen Jugendzentrum machten sich jetzt ausgesprochen bezahlt, denn ich kletterte hoch und schob mich auf die Oberkante des Balkens. Mich möglichst klein machend, kletterte ich etwa auf ein Drittel der Höhe hoch, fand endlich ein Plätzchen, ließ mich auf den Bauch hinunter und spähte über die Kante in die Tiefe. Verdammt aber auch. Das Ganze war einem Gladiatorkampf so ähnlich, wie ich es mir nur vorstellen konnte. Die Arena war kreisrund. Klein, vielleicht die Größe eines Zirkuszeltes. In der Mitte war der Boden aus Erde, und zwei Männer standen einem Riesen gegenüber.

Nein, nicht Männer. Die beiden, die den Riesen bekämpften, waren mir zugewandt, und sie waren *nicht* wie irgendein Mann, den ich zuvor je gesehen hätte. Sie waren Aliens, und die Enttäuschung, die ich noch vor wenigen Minuten verspürt hatte, schwand. Diese beiden waren sichtlich vom selben Planeten, einer mokkafarben, der andere mit blassgoldener Haut und kupfrigem Haar. Ihre Gesichter waren auch nicht gerade menschlich, ihre Nase, die Augen und das Kinn waren zu scharf geschnitten. Keiner war unter zwei Meter groß, aber ihre Augen verrieten sie. Gold und Kupfer. Und wenn sie lächelten, blitzte ein Hauch eines Reißzahns hervor. Nicht genug, um wie Vampire auszusehen, aber genug, dass ich mich vorlehnte, um besser sehen zu können.

Faszinierend.

Nicht menschlich. So gaaaaar nicht menschlich. Aber verdammt. Sie waren alle oben unbekleidet, und ich hatte noch nie zuvor eine spektakulärere Ausstellung maskuliner Schönheit gesehen. Nun, abgesehen von meinem Traum vorhin, aber das zählte wohl nicht. Diese hier waren echt, Fleisch und Blut direkt vor meinen Augen.

Und die perfekten Model-Torsos der beiden Herausforderer waren klein im Vergleich zu den prallen Muskeln und dem massiven Körper des Riesen, dem sie gegenüberstanden. Er war monstergroß, sein Profil seltsam langgezogen, als wäre sein Gesicht unproportional zum riesigen Rest von ihm gewachsen. Er war noch größer als die beiden anderen, türmte sich über seinen Gegnern auf, deren Köpfe kaum bis an seine Schultern reichten. Die Männer in der Menge stimmten einen Sprechgesang an, und der Riese streckte siegessicher die Hände in die Luft und drehte seinen Oberkörper herum, um den Beifall entgegenzunehmen. Seine Handknöchel waren blutig, und noch mehr Blut tropfte aus einer kleinen Platzwunde an seinem Auge, aber er *lächelte*.

„Rezzer! Rezzer! Rezzer!"

Abgesehen davon, dass er so unglaublich groß war, sah er von der ganzen Truppe noch am menschlichsten aus. Meine Theorien über Echsenmenschen und blaue Haut waren umsonst gewesen. Nicht einer unter den Zusehern sah gänzlich anders aus als ein Erdenmann. Manche hatten eine andere Hautfärbung, aber nicht anders genug, um erschreckend zu sein. Nur seltsam. Und riesig. Breit und riesig. So richtig, richtig riesig.

Was mir schnell auffiel, war, dass jede einzelne Person in der Menge männlich war. Ich suchte in der Menge vergeblich nach irgendeiner Frau, Alien oder nicht.

Ich war das einzige weibliche Wesen hier. Wie eigenartig. Wo waren die Frauen?

Der Laut einer Faust, die auf Fleisch und Knochen traf, erfüllte die Luft, gefolgt von Jubel und Zurufen. Meine Verwunderung war rasch vergessen, und ich achtete wieder auf die Kämpfer, während mein Puls mir in den Ohren pochte und ich mich bemühte, unter dem Helm ruhig zu atmen. Unter mir hoben und senkten sich Brustkörbe, und ich konnte das Testosteron in der Luft geradezu schmecken. Es war, als wäre ich in einem Männerkopf, umhüllt von Hitze und Kraft und...Rage.

Die Intensität meiner Reaktion erschreckte mich, als Zorn in mir hochstieg und mich fast erstickte. Ich schluckte schwer, kämpfte gegen das brennende Stechen an, das sich hinter meinen Augenlidern bildete, als der Riese unter mir eine Herausforderung brüllte, die die ganze Menge zum Toben brachte.

Ein Antwortschrei platzte mir aus der Brust, aber ich fasste mir an den Mund und hielt ihn zurück, zusammen mit den restlichen Emotionen, die ich gerade nicht brauchen konnte.

Ich wollte nicht hier sein, auf dem Bauch auf einem dämlichen Balken zehn Meter über dem Boden auf einem Alien-Planeten. Ich wollte nicht auch nur einen weiteren Alptraum über meinen wunderbaren, gebrochenen kleinen Jungen haben und seine unschuldigen, vertrauensvollen Augen. Er gehörte mir, und er glaubte mir, wenn ich ihm sagte, dass alles wieder gut werden würde.

Es musste alles wieder gut werden. Ich würde alles tun, was dazu notwendig war. Für meinen Sohn würde ich lügen, betrügen, stehlen, in einem Container quer durch die Galaxis reisen. Für Wyatt würde ich alles tun, alles riskieren. Sogar mein Leben. Ich war keine Mörderin. Ich war keine Kämpferin oder Soldatin, aber für Wyatt? Ich war eine Mutter, und das hieß, dass nichts tabu war. Absolut...nichts.

Ich blinzelte langsam, drückte mir die Nässe aus den Augen, während ein heißes Rinnsal von Tränen mir unter dem Helm über die Wange herab lief. Ich konnte sie nicht fortwischen, also ignorierte ich sie und klammerte mich an den Balken. Meine Finger angespannt in den dunklen Handschuhen, die Kante umfassend und somit meine Position sichernd.

Unter mir war der dunkelhäutigere der beiden kleinen Herausforderer verschwunden. Ein kurzes Suchen auf dem Boden fand ihn zur Seite geworfen und bewusstlos, mehrere Meter außerhalb der zentralen Kampfarena. Zwei Männer in grünen Uniformen waren über ihn gebeugt und schwenkten eine Art blaues Licht über seinen Körper, wie ein Scanner direkt aus einem Science-Fiction-Film.

Alle ignorierten sie, also tat ich das auch, und mein Blick wurde magnetisch von der Kraft und Gewalt in der Mitte der Arena angezogen.

Zwei blieben übrig, umkreisten einander, Arme hoch, Fäuste geballt. Der einsame Herausforderer hatte blasse karamellfarbene Haut und kupfernes Haar. Der Riese war nun mir zugewandt, und ich bekam den ersten guten Blick auf seine Gesichtszüge. Er war gutaussehend, trotz seiner Größe, mit dunklem Haar und grünen Augen. Sein starrer Blick war eindringlich, fokussiert, aber er war gut zweieinhalb Meter groß. Er hatte tellergroße Hände, und seine Muskeln schienen ihre eigenen Muskeln zu haben. Beide Männer trugen die gepanzerte Uniform, aber ihre Oberteile lagen ausgezogen hinter ihnen auf dem Boden. Sie waren von der Taille aufwärts nackt, und es wäre untertrieben, sie beide als scharf zu bezeichnen. Meine Eierstöcke standen beim Anblick ihrer breiten Brustkörbe, soliden Schultern, definierten Waschbrettbäuche habt-acht.

Der Größere hatte ein paar Haarkringel auf der Brust, die nach unten hin schmaler wurden, bis sie als Linie unter dem Bund seiner Hosen verschwanden. Darunter befand sich eine eindrucksvolle Beule. Der andere Kämpfer war auch nicht schlecht ausgestattet.

Ich war in ihren Bann gezogen, hypnotisiert von der Intensität, der Kraft. Das hier war kein Boxkampf. Kein Wrestling. Nicht einmal MMA. Sie duckten sich und wichen einander aus, bewegten sich mit einer Schnelligkeit, dass ich mich vorbeugen und die Augen zusammenkneifen musste, um mitzuhalten.

Sie trafen mit Fäusten und Zorn aufeinander. Ich rechnete damit, dass der kleinere Gegner ebenso schnell zur Seite geworfen werden würde wie sein Freund, aber Rezzer, wie der Riese zu heißen schien, und der Mann waren im Clinch, mit prallen Muskeln, die fast zu reißen schienen. Ich zuckte zusammen bei der Kraft, die die beiden aufeinander ausübten, und wartete nur darauf, dass ein Schultergelenk sich auskugeln würde, oder ein Ellbogen brechen.

Niemand konnte einem derartigen Druck standhalten. Einander packend umkreisten sie sich, und plötzlich stand der kupferhaarige Außerirdische mit dem Rücken zu mir. Erst dann fiel mir die silberne Haut auf, die sich über seinen halben Rücken erstreckte und den Nacken hoch wanderte. Das Silber schimmerte im Licht, als wäre er mit einer dünnen Schicht Glitzer überzogen worden. Die Beleuchtung in der Arena war im Zentrum des Rings grell, mit Scheinwerfern, die auf die Kämpfer hinunter prallten, sodass es kein Verstecken gab.

Hive. Cyborg. *Verseuchtes Fleisch.* Die Worte aus meinen Gesprächen mit der Ärztin auf der Erde schwirrten mir durch den Kopf. Die Kolonie war für Krieger, denen Hive-Technologie eingepflanzt worden war. Diese silberne Haut besiegelte sein Schicksal...das Schicksal aller hier. Dieser Ort war ihre Endstation, ihr Gefängnis.

Männer schrien und brüllten, als die beiden unter mir sich schneller bewegten als jedes lebende Wesen, das ich zuvor gesehen hatte.

Plötzlich wurde mir schlecht bei dem Schauspiel unter mir. Die Gewalttätigkeit trieb mir die Galle in die Kehle, und ich wandte mich ab und stützte meinen Helm am Balken ab. Ich konnte das kühle Metall nicht auf meinem Gesicht fühlen, aber ich stellte es mir vor, während Rezzer unter mir ein letztes Mal brüllte. Die Menge brach in Jubel aus, der dreimal lauter war als alles, was ich zuvor gehört hatte, und ich lugte wieder nach unten, wo ich sah, dass sein letzter Herausforderer Mühe hatte, sich aufzurichten. Blut rann ihm das Gesicht hinunter. Es war kupferfarbenes Blut, zu orange, um menschlich zu sein.

Sein rechter Arm hing in einem ungewöhnlichen Winkel herunter, und die Männer in den grünen Uniformen eilten mit dem blauen Zauberstab heran.

Meine Handfläche wählte genau diesen Moment, um vor Hitze zu pulsieren, aber ich ballte die Hand fester um den Balken und ignorierte es. Anscheinend war ich von dem Testosteron, das die Kämpfer verströmten, dermaßen in den Bann gezogen worden, dass meine Pussy sich zusammenzog und ein Anflug von Begehren mein Blut erhitzte. Vielleicht war es eine Reaktion auf den Kampf. Ich hatte keine Ahnung, aber ich konnte nicht mehr tun als mir die Lippen zu lecken und die Fülle an hübschen Männern vor mir mit den Augen zu verschlingen. Ich sollte meine Konzentrationsschwäche auf das Östrogen schieben, aber in Wahrheit hatte ich keine Ahnung, was ich als nächstes tun sollte. Ich durchsuchte die Menge, suchte nach Menschenmännern, aber wenn es hier welche gab, dann waren sie unter den anderen verborgen, in einem Meer aus schwarzer Rüstung und aggressiven Gesichtern.

Das Mal pochte erneut auf, und ich atmete scharf ein, als meine Nippel hart wurden und mein Bauch sich zusammenzog. Es war schon wieder wie in diesem Traum, nur dass ich diesmal, anstatt in die Augen des schärfsten Typen, den ich je gesehen hatte, zu starren, an einem Balken hing, versteckt vor einem Meer von gewalttätiger, außerirdischer Kampfmanie. Ich hatte das bereits zuvor erlebt, die Herdenmentalität, die Welle von Aggression, auf der alle Anwesenden noch stundenlang reiten würden. Ich war mit dem Samenspender bei genau einem MMA-Kampf gewesen, und das hatte mir gereicht.

Das hier war zu viel.

Zitternd war ich mir nicht sicher, dass ich hier oben noch viel länger in Sicherheit sein würden. Meine Hände fingen zu krampfen an, und mein ganzer

Körper zitterte vor Stress und Adrenalin. Wenn ich mich nicht zusammenreißen konnte, könnte ich mit Leichtigkeit hinunterfallen und mir das Genick brechen. Oder Schlimmeres.

Ich lag ein paar Minuten lang völlig still, mit geschlossenen Augen und gesenktem Kopf, und konzentrierte mich auf meine Atmung. Nur Luft. Ein. Aus. Bis ich meine Zehen wieder spüren konnte, und meine Ohren zu klingeln aufhörten. Die Menge hatte sich beruhigt. Ihr Spektakel des Tages war vorüber. Ich blickte hinunter, und die Krieger unterhielten sich, lachten, versetzten einander Stöße, taten, was Männerfreundschaften so taten. Ich musste annehmen, dass der Riese Rezzer gewonnen hatte.

Egal. Ich musste verdammt nochmal von hier fort, bevor ich noch ausflippte.

Langsam rutschte ich dahin zurück, wo ich hergekommen war, und verließ mich auf das dämmrige Licht am Rande der Arena, um verborgen zu bleiben. Ich war gerade auf die Füße gesprungen und hatte zwei Schritte auf den Lüftungsschacht zu gemacht, als ein Alien aus dem Nichts auftauchte, gegen mich prallte und mich ansah. Ich hatte noch den Helm auf, aber er schaute verdutzt ein zweites Mal hin und stand dann still.

Still wie ein Raubtier. Und wie das sprichwörtliche Reh im Scheinwerferlicht erstarrte ich, als er sich mir entgegen beugte, tief einatmete und seine Lungen mit meinem Duft füllte.

„Weibchen." Seine Stimme war tief und ehrfurchtsvoll, als wäre ich eine Art Fabelwesen, ein Einhorn. Dem Mangel an Frauen in der Gegend nach zu urteilen, war ich das vielleicht auch.

Er sah aus wie der größere Kämpfer namens Rezzer und ich nahm an, dass sie vom gleichen Planeten stammten. Ähnlich in Größe, Färbung und mit diesen tellergroßen Händen. Die Letzteren bekam ich zu spüren, denn er packte mich am Oberarm. Sein Griff war zwar sanft, aber doch wie ein Schraubstock, der sich um mich zusammenzog. Ich versuchte, mich herauszuwinden, aber er ließ nicht los. Seine Stärke war unbestreitbar. Ich wusste, dass er mich ohne mit der Wimper zu zucken wie einen Zweig zerbrechen konnte. Heilige Scheiße, diese Kerle waren groß. Ich reichte ihm kaum bis an die Schulter.

„Weibchen", wiederholte er, und vor meinen Augen wurde er größer, wie der Unglaubliche Hulk, bis mein Kopf ihm kaum mehr an die Brust reichte. Er war vorher schon groß gewesen, aber jetzt war auch er monstergroß, und ein Brüllen entfuhr seiner Kehle. „Meins!"

„Oh mein Gott", raunte ich, und mein Herz flatterte mir geradezu in der Brust. Ich wäre in Ohnmacht gefallen, aber nicht einmal das konnte ich. Ich war buchstäblich am Fleck erstarrt, aber meine Hand brannte wie Feuer und ich wünschte mir plötzlich, wieder im

Schacht zu stecken. Nein, wieder im Traum mit meinem seltsamen Traummann zu schlafen, anstatt mich hier einem Mob von notgeilen Aliens zu stellen. Wahnwitzigerweise machte ich mir keine Sorgen darüber, vergewaltigt zu werden. Ich hatte das deutliche Gefühl, dass Mister Tellerhände hier nicht zulassen würde, dass mich irgendjemand anfasste.

Nein. In diesem Moment war er derjenige, um den ich mir Sorgen machen musste.

Die Stimme des Mannes—nein, des Aliens—war laut, laut genug, dass sich die Männer um uns herumdrehten und näherkamen.

Ich war von hochragenden, scharfen Aliens umzingelt. Hörte das Raunen ihrer Stimmen darüber, etwas Weibliches in ihrer Mitte zu haben.

Ich spürte, wie der Helm von meinem Kopf gezogen wurde, und sobald er weg war, blickte ich über meine Schulter nach hinten. Ein weiterer karamellhäutiger Mann steckte ihn sich unter den Arm und starrte mich an, dann hob er eine Hand, um mein Haar zu berühren. Nicht mit böser Absicht, sondern mit Bewunderung.

„Na hey!", sagte ich und versuchte, zurückzuweichen, aber es war sinnlos. Ich wurde von Mister Tellerhände am Fleck fixiert. Sein Blick folgte den Bewegungen des Fremden durch mein langes blondes Haar, während er mit seinen Fingern durch meine Strähnen fuhr.

Wenn das hier ein Streichelzoo war, war ich anscheinend die Hauptattraktion. Ich hörte, wie jemand rief: „Holt sofort den Gouverneur hierher!" Aber ich hatte keine Ahnung, wer der Gouverneur war, und es war mir auch egal. Zumindest im Moment. Jetzt gerade wollte ich nur aus diesem Schlamassel raus und davonlaufen.

Die Nachricht meiner Anwesenheit verbreitete sich wie Klatsch beim Sonntagskaffee. Die Arena war still geworden, und alles schien ins Stocken geraten zu sein.

„Meins! Ich habe sie für mich beansprucht", wiederholte Mister Tellerhände. Er hob mich in die Arme und trug mich die Treppe hinunter ins Zentrum der Arena, wo der Krieger Rezzer stand und die Hände zu Fäusten ballte. Seine Brust hob und senkte sich schwer, und sein grüner Blick traf meinen mit kalter Berechnung.

Hinter ihm erhob sich sein ehemaliger Gegner vom Boden und ließ die Arme kreisen, befühlte seine Schultern, als würde er sie prüfen. Vollständig verheilt.

Du liebe Scheiße. Waren dafür etwa die kleinen blauen Stäbe da? Zum Heilen? Vielleicht brauchte ich gar nicht zu spionieren und ein dämliches Exposé voller Verschwörungstheorien zu schreiben. Vielleicht musste ich nur einen dieser blauen Zauberstäbe klauen und nach Hause zu Wyatt bringen.

Noch während ich diesen Gedanken zu Ende dachte, wurde mir die Aussichtslosigkeit dieser Hoffnung klar. Genau in diesem Moment warteten meine Auftraggeber auf mich und wachten über meine Mutter und meinen Sohn. Wenn ich nicht zurückkehrte, würden sie ihm wehtun, mein Baby foltern, vielleicht sogar töten. Die Konsequenz meines Versagens war mir bis ins kleinste Detail geschildert worden. Es ging nicht nur um Geld oder die Story, nicht mehr. Ich brachte ihnen entweder das, was sie suchten, oder sie würden den einzigen beiden Menschen im Universum, die mir wichtig waren, etwas antun.

Versagen war keine Option. Ich würde tun, was immer notwendig war, um zu überleben und zu ihnen zurückzukehren. Wyatt brauchte mich. Ich musste stark sein.

Ich drehte den Kopf, um die grün uniformierten Krieger im Auge zu behalten, die sich aus der Arena entfernten, und ignorierte den Hulk, der mich trug uns sanft am Rand der Kampfarena absetzte. Er setzte mich wie eine zerbrechliche Porzellanpuppe ab und ich musste zugeben, dass er zwar groß war, aber doch ein Gentleman. Er beugte sich hinunter und blickte mir in die Augen, sein Blick ein dunkles, ernsthaftes Goldbraun. „Ich bin Kampflord Bruan. Du gehörst jetzt mir. Ich werde dich beschützen."

Eine Art Ordnung schien eingetreten zu sein, und die Menge kehrte zu ihren Sitzen zurück. Eine Handvoll Krieger stand am anderen Ende der Arena, Bruan zugewandt.

Ich blickte zu Rezzer, der mit verschränkten Armen einige Schritte entfernt stand, die Stirn gerunzelt. Bruan ignorierte ihn völlig, und mich auch, und wandte sich an die versammelte Menge. „Ich bin Kampflord Bruan, und ich nehme dieses Weibchen in Beschlag."

„Nein. Sie wird uns gehören." Einer der goldenen Krieger trat vor, ein nahezu identischer Zwilling an seiner Seite.

„Meins!" Ein weiterer Riese trat vor, beinahe so groß wie Rezzer, jetzt schon riesig, sein Gesicht verwandelt. Sein Brüllen war beinahe so laut wie Bruans.

Chaos brach aus, als zwei Aliens hinter dem, der meinen Helm trug, anfingen, sich zu rempeln und zu schlagen. Warum sie kämpften, das wusste ich nicht. Es schien, als hätte Bruan nur wenig Konkurrenz. Bei seiner Größe war das völlig verständlich.

Bruan trat vor und winkte den beiden goldenen Aliens zu. Mit einem hilflosen Seufzen biss ich mir auf die Lippe und blickte mich um. Nicht einer, sondern drei Krieger standen Schulter an Schulter hinter mir. Und sie sahen sich nicht den Kampf an, sondern mich.

Das war also kein einfacher Ausweg.

„Das ist doch verrückt", schrie ich sie alle an. „Ich gehöre keinem von euch."

Mit einem Seufzen drehte ich mich wieder herum und sah die beiden goldenen Krieger auf mich zukommen. Einer von ihnen, das konnte ich nun sehen, hatte ein Gesicht, das zur Hälfte metallisch war, und ein Auge ganz aus Silber. Es war irritierend und eigenartig, aber andererseits war hier jeder irgendwo von der silbernen Haut gezeichnet.

Verseucht. Eingesperrt.

Ich saß in der Tinte. Ich hatte alles falsch gemacht. Ich sollte mich doch versteckt halten. Das war nicht passiert. Ich sollte doch unauffällig bleiben. Tja, ich könnte nicht auffälliger sein, und dabei hatte ich mir nicht einmal Mühe gegeben.

Als Spion war ich furchtbar. Nicht zu gebrauchen.

Jetzt stritten sich scharfe Aliens um mich, und einer behauptete sogar, ich gehörte ihm. Ich hätte mich geschmeichelt oder beeindruckt fühlen sollen. Ich hätte begeistert sein sollen. Verdammt, welcher Frau würde es nicht gefallen, dass ein Haufen von unglaublich scharfen Aliens sie alle für sich beanspruchen wollten?

Mir. Mir nicht. Ich wollte keinen Gefährten. Ja, der Traummann Kjel war wohl scharf wie Feuer gewesen, aber ich hatte einen kleinen Jungen, zu dem ich nach Hause musste, und drei Tage Zeit, es wieder an Bord des Transporters zu schaffen, bevor er aufbrach. Ich würde meine Heimreise nicht verpassen. Ich würde erst mal überleben, und später dann entkommen.

Es war die einzige Option, an die ich denken konnte, denn ich hatte keine Ahnung, wie ich aus diesem Schlamassel herauskommen würde.

jel

Ich hatte einen Trupp Krieger im Luftschacht, welcher der Spur des Eindringlings folgte. Ich führte zwei weitere Krieger im Freien entlang, um ihm die Anzahl möglicher Ausgänge abzuschneiden, die er nehmen könnte. Die Informationen, die wir über Funk erhielten, führten uns in Richtung der Kampfarena, und ich musste hoffen, dass wir dort ankommen würden, bevor er sich unters Volk mischen konnte. An dem Ort versammelten sich über hundert Krieger. Es würde ein Leichtes für ihn sein, in der Menge unterzutauchen. Ich wurde nicht nur von meinen Jagdsinnen geleitet. Nein. Das alleine würde schon reichen, damit der Gouverneur mich persönlich anforderte und ich den Eindringling leicht finden konnte. Ich wurde auch von meinem Mal geleitet. Aus irgendeinem Grund wurde mein Mal bei jedem Schritt, den ich auf den Eindringling zu machte, heißer und pochte stärker. Es war nicht zu ignorieren.

Warum zum Teufel zog mich mein Mal dorthin? Es gab keine weiblichen Wesen auf der Kolonie, außer den wenigen, die zugewiesen und Gefährtinnen geworden waren. Keine gefährtenlosen weiblichen Krieger befanden sich auf Basis 3. Mein Mal wäre schon lange erwacht, wenn eine in den anderen Basen zu mir gehören würde, denn sie waren nahe genug. Ich war noch nicht lange auf der Kolonie, aber die Träume hatten gerade erst begonnen. Das hieß, dass sie neu hier war. Noch neuer hier als ich. Aber wie?

„Derzeit ist niemand in den Luftschächten. Die letzte Abluft-Entleerung fand vor zwei Minuten statt. Jegliche Wärmesignatur des Eindringlings ist lange weg."

Wir hielten nicht weit entfernt von der Kampfarena an. Ich konnte die Rufe, das Kämpfen, von hier aus hören. Die anderen beiden Krieger, die bei der Suche halfen—Prillonen—blickten mich an. Sie wussten von meinen Fähigkeiten, wussten, dass ich die Spur von etwas oder jemandem aufnehmen konnte, wo sonst niemand etwas sah. Oder fühlte.

„Welche Öffnung benutzte er als Ausgang?", fragte ich mit erhobenem Handgelenk.

„Die Südseite der Arena."

„Natürlich", raunte ich. Der Bereich mit der dichtesten Menge. Mehr Gerüche, die ich verfolgen musste. Ich wandte mich an die Prillonen und wünschte, dass ich mein übliches Team bei mir hätte, aber Captain Marz wurde gerade fürs Interstellare Bräute-Programm getestet, Kristin verbrachte Zeit mit ihren Gefährten, und Rezz? Nun, ich war ziemlich sicher, dass der Atlane gerade in der Arena stand und etwas Dampf abließ. „Na dann los. Ich werde die Spur beim Lüftungsgitter aufnehmen müssen."

„Was ist mit den Kämpfen?", wurde ich gefragt.

„Je weniger Aufmerksamkeit auf uns gerichtet ist, umso besser. Ich will nicht, dass jeder weiß, dass wir auf der Jagd sind."

Die beiden nickten, und wir warfen uns rasch in das Getümmel.

„Was zum Teufel?", sagte einer der Prillonen, hielt an und legte seine Hand auf die Ionen-Pistole an seinem Schenkelhalfter.

Ich hielt ebenfalls an, nicht nur, weil mich überraschte, was ich sah, sondern auch weil mein Mal aufflammte, als hätte man mir ein Messer durch die Handfläche gerammt. Das Gefühl war so schmerzhaft, dass ich aufzischte. Anstatt mich auf die Gefahr gefasst zu machen, wie die Prillonen das taten mit ihren Händen an den Waffen, drückte ich meinen Daumen in das Mal mit der Hoffnung, das Brennen zu lindern.

„Das ist doch verrückt! Ich gehöre keinem von euch", schrie eine Frau.

Ich hörte die feminine, melodische Stimme und war für immer verwandelt. Es war, als würden sich die Ionen in meinem Körper neu sortieren, und ich wurde jemand anderer. Mein Mal brannte mit erotischer Hitze, schickte einen Lustimpuls direkt in meinen Schwanz. Mein Herz hüpfte, dann kam es zur Ruhe. Ich fühlte mich, als legten sich diese gesprochenen Worte über mich wie eine schwere Decke, und hüllten mich in Wärme. Lust. Verlangen. Ein instinktiver Drang, zu besitzen und beschützen.

Lindsey. Sie war hier. Sie gehörte mir.

Meine Gefährtin.

Und dann, mit der gleichen Geschwindigkeit, mit der diese Kenntnis mich traf, erfasste ich die Situation vor uns. Die beiden Kämpfer—einer von ihnen war Rezz, mein atlanischer Freund, der am gleichen Tag wie ich auf der Kolonie eingetroffen war. Den anderen kannte ich nicht, aber er war ebenfalls Atlane. Rezz hatte Schweiß auf Gesicht und Oberkörper, gerötete Haut an Stellen, an denen er Hiebe eingesteckt hatte, und Blut tropfte aus einer Platzwunde an seinem Auge. Es sah aus, als wäre er schon eine Weile lang am Kämpfen. Aber niemand kämpfte im Moment. Nein, sie umkreisten einander nicht einmal. Rezz stand einem weiteren Atlanen und zwei Prillon-Kriegern gegenüber. Alle anderen in der Arena kamen zur Ruhe, mit einer stillen Erwartungshaltung, die in der Kampfarena ungewöhnlich war. Das hier war etwas anderes, etwas wesentlich Ernsteres als das übliche Brustklopfen, das Messen von Kraft und Geschicklichkeit, das die Krieger dazu nutzten, Aggressionen abzubauen und die Stunden monotoner Langeweile zu lindern.

Ich konnte Gerempel sehen und laute Stimmen hören, und irgendwie wusste ich, dass sie in der Mitte war. Die Ursache.

Ich brauchte kein Jäger zu sein, um zu wissen, wo sie war.

„Sie gehört mir." Der riesige Atlane, der Rezz gegenüberstand, war im vollen Biest-Modus, und nun erkannte ihn ihn. Sein Name war Bruan, und er war stark. Schnell. Wie alle atlanischen Kampflords.

Mir war scheißegal, wie viele dieser Krieger ich erledigen musste, aber Bruan hatte unrecht. Lindsey gehörte nicht ihm. Lindsey, mit ihrem goldenen Haar und blauen Augen, den vollen rosigen Lippen und ihrem frechen Mund...sie gehörte mir.

Ich schlich mich vor, auf die Mitte der Arena zu, und achtete nicht darauf, ob mein Team mir den Rücken deckte. Ich brauchte sie nicht. Nicht in dieser Angelegenheit. Vorfreude rauschte durch meine Adern. Ich hatte schon seit Wochen keinen guten Kampf mehr gehabt. Nicht einmal die Atlanen waren mir gewachsen, solange ich mich nicht von ihnen packen ließ. Wenn einer mich zu fassen bekam, konnte er mich in Stücke reißen. Aber erst würden sie mich fangen müssen. Was, wenn ich die Flinkheit und Kraft des Jägers einsetzte, so gut wie unmöglich war.

Ich schob mich durch die Menge und hörte sie wieder. „Das hier wollte ich doch gar nicht. Bringt mich nur zu eurem Anführer, oder so. Es tut mir leid."

Rezz, der gleich groß war wie Bruan, brüllte in die Menge. „Die Frau steht unter meinem Schutz. Niemand von euch fasst sie an.“

Ich kannte Rezz, wusste, dass er nie Hand an sie legen würde. Er war immer noch zu verletzt. Er hatte sich geweigert, sich den Aufnahmeprotokollen des Interstellaren Bräute-Programms zu unterziehen, selbst nachdem Kristin von der Erde gekommen und Mitglied unserer Jagdeinheit geworden war. Die beiden Menschenfrauen, die auf der Kolonie eingetroffen waren, liebten ihre Gefährten trotz der Verseuchung, die der Hive hinterlassen hatte. Captain Marz hatte den Atlanen praktisch angefleht, sich testen zu lassen.

Rezz hatte es verweigert. Hatte gesagt, dass er keiner Frau würdig war, die einen Wert hatte. Was auch immer zur Hölle das heißen sollte.

Aber Rezzers persönliche Dämonen waren mir im Moment egal. Ich wusste nur, dass mein Freund sich zwischen Bruan, die beiden Prillonen und die Frau, die mir gehörte, gestellt hatte. Er beschützte sie, was ich ihm nicht vergessen würde. Es schien, als war ich dem Atlanen einen Gefallen schuldig.

„Aus dem Weg, Rezz." Die tiefe, knurrende Stimme gehörte Bruan, aber ich hörte, wie Rezz zur Antwort nur auflachte. Bei den Göttern, der Kampflord liebte den Kampf.

„Wie ich schon sagte, steht sie unter meinem Schutz, Bruan."

Bruan brüllte frustriert, hatte aber anscheinend beschlossen, dass das kleine Weibchen eine Auseinandersetzung mit Rezz nicht wert war, der immerhin wohlbekannt dafür war, seit seiner Ankunft der König der Kampfarena zu sein. Selbst Tyran, Kristins Gefährte, hatte keine Chance gegen ihn. Und Tyran hatte mehr Hive-Technologie implantiert als nahezu jeder andere Mann hier. Er war stärker als jeder, den ich je gesehen hatte.

Jeder außer Rezz, wenn er im Biest-Modus in Fahrt geriet. Dennoch, der Kampf zwischen Tyran und Rezz war episch gewesen. Am Ende war ich überzeugt, dass Rezz nicht deswegen gewonnen hatte, weil der Prillon-Krieger schwächer war, sondern weil Rezz gemeiner war, besonders seit Tyran der Erdenfrau Kristin zugeordnet worden war. Einer kleinen, kurvenreichen Frau, die ähnlich aussah wie Lindsey. Goldenes Haar. Herzförmiges Gesicht. So klein, so verdammt klein, aber zäh. Ich freute mich darauf, zu entdecken, welche Art von Feuer in Lindseys zarter Gestalt loderte.

,Sei still und zieh dich aus.‘

Die Erinnerung an die sinnlichen Anweisungen, die sie mir im Traum erteilt hatte, stachelten mich weiter an, und ich legte den Kopf in den Nacken, um mich zu entspannen und die Beherrschung zu bewahren. Mir. Sie gehörte mir. Diese Stimme gehörte mir. Ihr Körper gehörte mir. Ihre Lust gehörte mir. Ihr Herz gehörte mir. Ich hätte nie gedacht, dass ich mir eine Gefährtin nehmen würde, hatte den Gedanken daran in dem Moment aufgegeben, da ich dazu verurteilt worden war, mein Leben hier zu verbringen, auf diesem von den Göttern verlassenen Planeten, von dem wir alle vorgaben, das es kein Gefängnis war.

Aber jetzt? Sie war hier, und ich würde eher sterben, als sie aufzugeben.

Bruan machte einen Satz aus der Mitte der Arena hinaus und setzte sich wieder in die Menge, was Rezz mit zwei Prillon-Kriegern zurückließ. Ich erreichte den Rand der Arena gerade, als Rezz vortrat und die beiden Prillonen in Grund und Boden starrte.

„Zur Seite, Rezz. Wir alle wissen, dass du keine Gefährtin willst." Der Größere der beiden Prillonen sprach, Captain

Voth, und sein Sekundär neben ihm knurrte geradezu zustimmend.

Rezz schlug mit seiner rechten Faust in seine linke Hand, und es knallte laut. Bedrohlich. „Ihr beiden wollt die nächsten zwölf Stunden in einer ReGen-Kapsel verbringen? Einverstanden."

„Bitte nicht. Das ist doch verrückt."

Da sah ich sie zum ersten Mal. Ja, ich hatte sie im Traum gesehen, aber ich würde sie überall erkennen. Während sie sprach, versuchte sie, von der Mauer der Arena zu hüpfen, auf der sie in Koalitionsrüstung gekleidet saß. Ihr Haar fiel ihr wie ein goldener Heiligenschein um die Schultern, noch schöner als im Traum. Große grüne Augen blickten aus einem herzförmigen Gesicht, das zu zart war, um echt zu sein.

Sie wollte sich bewegen, aber zwei der Krieger, die direkt hinter ihr standen, legten ihr die Hände auf die Schultern, um sie festzuhalten.

Das Knurren, das meiner Kehle entfuhr, war mir fremd, aber der Jäger in mir übernahm die Kontrolle.

Ihr sanfter Schrei erklang, als ich mich schneller als ein Schatten bewegte und die drei Männer hinter ihr zur Seite schob.

Rezz drehte sich herum und blickte hoch zu mir, während ich nun hinter ihr stand, über ihrer kleinen Gestalt aufragte. Ihr Duft wehte zu mir hoch, und mein Schwanz wurde beim süßen Duft von Blumen und Honig sofort hart. Genau das hatte ich in meinem Traum vermisst. Ich wollte nichts mehr, als sie mir über die Schulter zu werfen und sie in meine Unterkunft zu tragen, aber ich wusste, dass ich sie hier nicht fortbekommen würde, ohne zumindest eine Herausforderung zum Kampf anzunehmen.

„Kjel." Rezzers tiefe Stimme schallte wie ein Donnerschlag durch die Arena, und Lindsey keuchte auf. Ihr Kopf fuhr zu mir herum. Aber ich wagte es nicht, in diese blauen Augen zu blicken. Wenn ich hinsah, würde ich sie anfassen wollen, und schmecken. Und ficken.

„Kampflord." Ich sprang über die brusthohe Mauer in die Arena und landete lautlos auf meinen Füßen. Ich bewegte mich nach rechts, behielt sowohl Rezz als auch die beiden Prillonen, die nicht zurückgewichen waren, im Blickfeld. „Ihr Name ist Lindsey, und sie gehört mir. Sie ist meine geprägte Gefährtin."

Ein kollektives Grollen raunte durch die Zuschauer, und Rezz blickte zwischen mir und den Prillon-Kriegern hin und her, die kampfbereit dastanden und abwarteten. Sein Grinsen war belustigt, aber er nickte mir zu, bevor er sich an meine Gefährtin wandte. „Kennst du diesen Krieger, Weibchen?"

Lindseys strahlend blaue Augen blitzten mich an und sie wurde rot. Ihre Wangen färbten sich zu einem hübschen Rosa. Wie sie mich ansah, brachte meinen Schwanz zum Pochen. Zucken. Mir juckte es in den Fingern, sie zu packen. Sie zu berühren. Zu küssen. Sie wahrlich zu schmecken. Ich hatte noch nie etwas *gebraucht*, aber in diesem Augenblick brauchte ich sie.

„Ich habe…ich kann nicht…", stotterte sie ihre Worte, während sie zwischen mir und Rezz hin und her blickte. Ich trat vor, nur zu bereit dazu, sie an unsere letzte Begegnung zu erinnern, aber das war nicht notwendig. Ihr Blick erfasste meinen, und ich sah das Begehren ihre Augen vernebeln. Sie musterte mich, ließ sich Zeit, inspizierte jeden Zentimeter von mir, und ich stand groß aufgerichtet da, erfreut darüber, dass ihre Atmung schneller wurde und ihre Aufmerksamkeit mir galt. Sie verschlang mich mit ihren Blicken, liebkoste mich mit ihrer Aufmerksamkeit. Ja. Sie gehörte mir.

Ich befürchtete, dass sie lügen und mich vor all jenen, die hier versammelt waren, verleugnen würde. Die Luft blieb in meinen Lungen blieb stecken, selbst mein Herz schien aufzuhören zu schlagen, während ich auf entweder Erlösung oder Ablehnung wartete. Es sollte egal sein. Ich hatte sie noch nicht einmal kennengelernt, nicht wirklich. Ich hatte erst einen Traum mit ihr geteilt. Einen. Und plötzlich hatte ich eine Todesangst davor, dass das nicht ausreichen würde. Wenn sie mich jetzt verweigerte, würde etwas in mir zerbrechen, etwas, von dem ich bis zu diesem Augenblick nicht gewusst hatte, dass es existierte. Eine Seele? Liebe? Ich wusste es nicht, aber es war tiefgehend und instinktiv. Der Jäger in mir war ihr gegenüber verletzlich auf eine Art, die ich nie für möglich gehalten hätte. Ich war nackt, bloßgestellt. Schwach.

Alles in mir stand auf Messers Schneide, und ich flehte innerlich darum, dass sie mich retten würde. Mich in Besitz nehmen. Mich so drängend zu *begehren* wie ich sie begehrte. Sie leckte sich langsam über die Lippen, ihr Blick wurde weich und sie studierte mein Gesicht, als wäre sie schockiert darüber, dass ich echt war. Die Götter wussten, dass auch ich von ihrer Anwesenheit schockiert war. Ich war schockiert, aber dankbar.

Als sie schließlich nickte, setzte mein Herz kurz aus und schlug dann doppelt so schnell wie gewöhnlich. „Ja. Ich kenne Kjel."

Rezzers Lachen durchbrach die Stille, und die versammelte Menge brüllte zustimmend. Aber Rezzers belustigtes Brüllen war wie Donner, und er kam zu mir und schlug mir kräftig auf die Schulter. „Viel Glück mit der Frau hier. Ich übergebe ihren Schutz hiermit an dich."

Und mit diesen Worten war er fort und setzte sich neben Bruan in die Ränge. Ich blickte zu Kampflord Bruan, hielt seinen Blick, eine Frage in meinen Augen. Würde er mich nun herausfordern wollen, da Rezz den Weg freigemacht hatte?

Bruan grinste mich an und schüttelte den Kopf. Nein. Ich hatte noch nie in der Arena gekämpft, aber Bruan hatte mich kämpfen sehen, wirklich kämpfen, als wir vor ein paar Tagen einen Spähtrupp des Hive unschädlich gemacht hatten, tief in den Höhlen. Er war einer der wenigen hier, die mit angesehen hatten, wie ich der Jäger-DNA im Kampf freien Lauf ließ. Ich war schnell, lautlos. Tödlich.

Die Jäger von Everis waren in der ganzen Galaxis als Killer bekannt, Jäger, Auftragsmörder. Uns wurden die gefährlichsten Aufträge zugewiesen, von der Elite auf den Koalitionsplaneten. Wir waren dafür gefürchtet und respektiert, sowohl gnadenlos als auch tödlich zu sein. Das war der Grund, weshalb Gouverneur Maxim mich gerufen hatte, um den Eindringling zu finden und die Hive-Spione aufzuspüren, die sich tief in den Höhlen der Kolonie versteckt hielten. Unsere einzigartige Gabe verlieh Jägern die Fertigkeit, jeden und alles aufzuspüren, egal wo im Universum. Es war eine instinktive Anziehung, der Ruf der Beute, und keine Frage der Zeit oder Distanz würde das dämpfen, wenn ein Jäger erst sein Ziel ins Visier genommen hatte.

Es gab kein Entrinnen, kein Verstecken. Und in diesem Moment saß die einzige Person, die mir im Universum etwas bedeutete, am Rand dieser Kampfarena. Und zwei Prillon-Krieger waren fest entschlossen, sie mir wegzunehmen. Obwohl ich gesagt hatte, dass sie meine geprägte Gefährtin war, traten sie nicht zurück.

Narren.

Captain Voth trat näher an mich heran. „Wir fordern dich heraus, Jäger. Die Frau gehört uns."

Ich hörte Rezzer erneut vor Lachen brüllen. Das Biest und ich würden später eine Unterhaltung über seinen Sinn von

Humor führen müssen. Und doch konnte ich das Grinsen nicht verkneifen, das mir zur Antwort die Mundwinkel hochzog, während ich mich zur Attacke duckte.

Lindsey

Oh. Mein. Gott.

Er war hier. Nicht nur hier, sondern direkt vor mir. So nahe, dass ich seine Hitze spüren konnte. Ihn riechen. Im Traum war er mir näher gewesen, aber das war nicht real gewesen. Ich verzog das Gesicht. Oder war es das? Ich hatte von jemandem geträumt, dem ich noch nie begegnet war, ihn im Detail gesehen. Nein, ich hatte ihn im Detail gefickt, und jetzt stand er vor mir. Größer, schärfer und besser als je zuvor.

Neben den riesigen Aliens Rezzer und Bruan war er nur mittelmäßig groß.

Aber selbst dann wäre er auf der Erde für die Footballmannschaft in Frage gekommen, er war mindestens zwei Meter groß. Sein Haar war glänzend, ein sanftes Blauschwarz, das ich liebend gerne mit den Fingern durchkämmen würde. Die Farbe war lebendiger, realer als im Traum. Seine Haut war hell und sah menschlich aus, nicht golden wie die der beiden Aliens mit den kantigen Gesichtszügen, die ihm herausfordernd gegenüberstanden. Er trug eine Uniform ähnlich meiner, aber die Rüstung sah an ihm verdammt viel besser aus, schmiegte sich um die definierten Muskeln an seinen Schultern und lief zum Sixpack auf seinem Bauch zusammen, das mir das Wasser im Mund zusammenlaufen ließ. Aber es waren seine Augen, die mein Herz zum Flattern brachten, dunkel und   nahezu...verzweifelt. Ich konnte ihm nichts verwehren, nicht diesen Augen, diesen einsamen Augen.

Als mein Blick wieder nach oben

wanderte, sah ich seine Hände. Große Hände. Keine Tellergröße, aber stark. Runde Finger, von denen ich wusste, dass sie meinen Körper berühren und mir intensive Lust bereiten konnten. Ich wusste, wie sie sich auf meinen Brüsten anfühlten, über meine Nippel streifend. Und weiter unten wusste ich, wie sie sich tief in mir anfühlten, über meinen G-Punkt gekrümmt.

Ich hatte es im Traum nicht gesehen, aber jetzt konnte ich es nicht verfehlen. Er hatte ein Mal auf seiner Handfläche. Es war an derselben Stelle wie meines. Von hier aus sah die Form identisch aus. Sein Mal war ein wenig dunkler, aber seine Haut war gerötet, als wäre er in der Sonne gewesen.

Als wüsste mein Körper, wohin ich gerade blickte, suchte sich das Mal auf meiner Handfläche genau diesen Augen-blick aus, um zum Leben zu entfachen und zu pulsieren, und mir eine Schock-welle von Verlangen direkt in meine

Mitte zu senden. Ich klammerte mich verzweifelt an der Mauer um die Arena fest, als mein Körper sich zur Reaktion anspannte und meine Brüste schwer wurden. Plötzlich verblassten alle anderen um uns herum, und ich konnte an nichts anderes denken als daran, von dieser Mauer zu hüpfen, zu ihm zu gehen und mich in seine Arme zu werfen, zu fordern, dass er sich auszog und mich gegen die Mauer dieser Arena drückte...mich zu seinem Eigentum machte. Für immer.

Bei dem Gedanken erstarrte ich.

Nein. Nicht für immer. Das hier konnte nicht für immer sein. Ich hatte einen kleinen Jungen, zu dem ich nach Hause musste, und auf der Erde war es strikt verboten, dass minderjährige Bürger eine Reise vom Planeten weg antraten. Es war Teil der Koalitions-Vereinbarungen und wurde überall bekanntgemacht. Frauen mit Kindern konnten dem Interstellaren Bräute-Programm nicht beitreten, oder sich frei-willig zum Militärdienst in der Koalitionsflotte melden. Es war verboten.

Wyatt.

Ich holte tief Luft und blinzelte den Lustnebel weg, den der Anblick von Kjel in mir verursacht hatte. Seine Brust hob und senkte sich, und er rieb sich die Hand über den Schenkel, als wäre auch das Mal auf seiner Hand aufgeflammt.

Hatte er das gemeint, als er dem großen Kämpfer gesagt hatte, dass wir „geprägte Gefährten" waren? War es, weil wir ein Muttermal teilten? *Das Mal?*

Obwohl ich definitiv wollte, dass er mich nackt auszog und mich wieder fickte—diesmal in Echt—wollte ich ihm nicht gehören. Ich wollte nicht seine ge-prägte Gefährtin sein. Ich gehörte nie-mandem, konnte keinem Mann gehören. Nur Wyatt. Ich lebte und kämpfte und atmete für meinen Sohn. Nichts würde das ändern können.

Ich hatte völlig vergessen, dass die goldenen Krieger eine Herausforderung ausgesprochen hatten, bis Kjel ihnen antwortete.

„Ich nehme an", sagte er, seine tiefe Stimme zugleich neu und doch vertraut. Seine Augen blieben an mir haften, aber ich wusste, dass er zu den beiden Aliens hinter ihm sprach. „Aber sie gehört mir."

Da musste ich schlucken, zuckte auch zusammen bei der Endgültigkeit in seinem Ton, dem brennenden Blick in seinen Augen.

„Dann mach dich bereit." Die beiden Alien-Doppelgänger hinter ihm beäugten mich ebenfalls. Ich nahm an, dass sie irgendwie zusammengehörten, Cousins vielleicht, denn ihre goldene Färbung war identisch, und ihre Gesichtszüge auch. Nur die silbernen Hive-Modifikationen waren anders. Einer hatte seinen linken Arm großteils durch glatte, roboterhafte Elemente ersetzt. Der andere hatte ein silbernes Auge und eine silberne Hand.

Er stellte sich direkt neben mich, wo meine Beine über den Rand der Arena hinweg baumelten, dann wandte er sich seinen Gegnern zu. Ich konnte spüren, wie sich seine Schulter an meinen Schenkel presste. „Ich werde meine Gefährtin nicht ungeschützt lassen, während ich kämpfe."

„Sie wird bewacht werden." Ich blickte über meine Schulter und sah, dass der Riese Rezz gesprochen hatte. Er hatte seinen Sitzplatz verlassen und sich direkt hinter mir positioniert.

Mister Tellerhände, Bruan, war direkt neben ihm. Der große Mann nickte. „Ja. Diese Herausforderung ist heilig. Sie wird gut bewacht sein, während du und die Prillonen den Ausgang eurer Ansprüche ausfechtet."

Sie waren wie ein gut organisierter Haufen Neanderthaler. Es herrschte Ehre unter ihnen, auch wenn sie um mich kämpfen würden—ich hoffte, nicht bis auf den Tod. Hieß das etwa, dass wenn Kjel nicht gewinnen sollte, die Cyborg-Zwillinge mich an den Haaren in ihre Höhle schleifen würden? Und sie wollten mich beide? Hieß das, dass sie mich gemeinsam nehmen würden?

Ich blickte zu Kjel, sah die Entschlossenheit in seinem Blick. Es kümmerte ihn nicht, zwei teilweise mutierte Aliens zu bekämpfen. Nein, er war sehr siegessicher, als er seine Waffe nahm und sie neben sich auf den Boden fallen ließ. Als nächstes öffnete er die Schnallen des Halfters an seinem Schenkel. Oh ja, das war heiß.

Aber ich fiel beinahe in Ohnmacht, als er sich in den Nacken fasste und sein gepanzertes Oberteil auszog, wobei sein nackter Rücken einen köstlichen Zentimeter nach dem anderen zum Vorschein kam.

Ich wimmerte. So richtig. Ich konnte es nicht zurückhalten. Meine Eierstöcke führten beim Anblick seines nackten Oberkörpers geradezu einen Freudentanz auf. Ich hatte gedacht, dass die Schultern der anderen Aliens breit waren, aber Kjels Schultern? Er hatte den Scharfe-Männer-Bewerb gewonnen.

Breite, muskulöse Schultern, die nicht nur massiv waren, sondern auch noch perfekt zu einer schmale Taille hin zusammenliefen. Ich konnte praktisch seine Muskeln beben und sich anspannen sehen, wenn er sich bewegte. Dann drehte er sich herum. „Ach du liebe Zeit."

Er blickte mich bei dem Ausruf an und grinste. Verdammt. Gegen seine Attraktivität hatte ich nichts auszurichten. Ich mochte es schon, wenn er den Alphamann-Beschützer raushängen ließ, aber dieses schelmische Lächeln war wie eine Droge für meine aufgereizten Sinne. Es lag ein fernes Versprechen in diesem Lächeln, eines, das mich Dinge denken ließ, die mir schon jahrelang nicht mehr in den Sinn gekommen waren.

Sex. Heißer, verschwitzter, nie enden wollender Sex.

„Warte auf mich", sagte er, dann wandte er sich seinen Konkurrenten zu.

Warte auf mich. Diese Worte hießen so viele Dinge. Warten, bis der Kampf vorüber war? Warten, bis er mich von all diesen anderen Alien-Neanderthalern erobert hatte? Warten, bis ich über seinen steinharten Körper herfallen konnte? Warten, bis sein harter Schwanz mich füllte und mich zum Wimmern brachte, zum Schreien, zum Betteln nach mehr?

Alles zusammen?

Ich blickte noch einmal über meine Schulter zu den beiden Riesen, die mich beschützen sollten. Nein, ich würde nirgendwohin gehen. So, wie die anderen im Publikum gerangelt hatten, vielleicht sogar gerade bereit waren, sich um mich zu prügeln, hatte ich nicht vor, mich zu rühren. Kjel kannte ich. Zumindest aus meinen Träumen. Ich wusste, dass er mir nichts tun würde. Bei ihm war ich sicher. Die anderen? Selbst nach nur wenigen Minuten unter ihnen spürte ich ihre Ehre. Ehre war ihr Antrieb, die Inspiration für ihre Verhaltensregeln. Ich bezweifelte, dass mir einer von ihnen tatsächlich etwas tun wollte, aber ich wollte nicht von irgendeinem dahergelaufenen Außerirdischen permanent in Beschlag genommen werden. Es würde nicht nur mein Herumschnüffeln und Berichterstatten beeinträchtigen, sondern könnte mich auch davon abhalten, zum Shuttle zurück zu gelangen. Ich musste auf dieses Shuttle. Es gab keine andere Wahl, egal, wie scharf der Alien war, der mich besitzen wollte.

Ich musste in drei Tagen für die Rückreise zur Erde zurück an Bord sein. Nein, inzwischen weniger als drei. Die zweiundsiebzig Stunden liefen bereits.

Die drei Männer bewegten sich mit erhobenen Händen im Kreis. Die Herausforderer hatten sich ebenfalls ihrer

Oberteile entledigt und ihre Waffen fallengelassen. Es schien, als würde dieser Kampf mit Händen und Fäusten entschieden werden.

Ich hätte nervös darüber sein sollen, dass Kjel verlieren könnte, aber etwas an seiner Art, sich zu bewegen, war fast schon magisch. Die anderen Aliens hatten massive Oberkörper und Arme, ihre Körper waren groß und für den Krieg gebaut, aber ich würdigte sie kaum eines Blickes. Ich konnte meine Augen nicht von Kjel lassen.

Wenn er sich bewegte, schwankte ich mit, als könnte ich seine Gedanken fühlen, seine Absichten. Die Reaktion war seltsam, aber ich fühlte mich irgendwie mit ihm verbunden. Mit ihm eins. Und seine Siegesgewissheit war offensichtlich. In ihm war kein Zweifel. Keine Furcht.

Seine Sicherheit beruhigte mich, wie nichts anderes es gekonnt hätte. Er würde nicht verlieren. Er war... unbesiegbar.

Was keinen Sinn ergab. Die anderen waren größer. Stärker.

Ich biss mir auf die Lippe und blickte zu Rezz zurück, um seine Reaktion einzuschätzen, während die drei in der Arena einander umkreisten. Er bemerkte, wie ich ihn ansah, und deutete mit dem Kinn auf den Kampf. „Dein Gefährte ist ein Jäger, kleine Menschenfrau. Sieh gut zu, damit du verstehst, was das wirklich bedeutet." Er schnaubte, verschränkte die Arme, und lehnte sich lachend zurück. „So wie diese Narren das auf die harte Tour lernen werden."

Ich wandte mich wieder zum Mittelpunkt des Geschehens und sah zu, wie die Goldenen sich voneinander entfernten, um Kjel von beiden Seiten zugleich anzugreifen.

Sie gingen in die Knie, wie Boxer zuhause, nur ohne Handschuhe. Soweit ich von den vorigen Kämpfen gesehen hatte, würde das hier nicht hübsch werden. Ich hatte nicht viel für Gewalt übrig. Seit ich Wyatt hatte, zuckte ich zusammen, wenn ich offen aggressives Verhalten sah. Generell vermied ich Konflikte und hasste es, wenn jemand verletzt wurde. Ich mochte es nicht, mitzubekommen, wie die Schwächeren ausgenutzt wurden. Bestraft. Verletzt. Vor Wyatt hatte ich gerne Football geschaut. Ich mochte ein gutes, knallhartes Hockey-Spiel. Aber Mutter zu werden hatte mich auf unerwartete Weise verändert, und das würde ich für nichts in der Welt eintauschen.

Nur, weil jemand körperlich schwach war, hieß das nicht, dass er nicht stark sein konnte. Wyatt war der stärkste Mensch, den ich kannte, und doch konnte er nicht auf dem Spielplatz nebenan spielen. Konnte sich nicht gegen größere Kinder wehren, die Bemerkungen darüber machten, dass er seit seinem Unfall anders war. Schwächer. Weniger wert.

Einer der goldenen Krieger schlug zu und verfehlte Kjel um einen guten halben Meter. Kjel grinste nur breit über die Finte seines Gegners. „Du verschwendest meine Zeit", sagte er.

Dann setzte er sich in Bewegung.

Bewegung war nicht unbedingt das richtige Wort dafür. Er wurde unscharf, so schnell, dass meine Augen und mein Geist nicht mithalten konnten. Ich hörte das Geräusch seiner Faust, die auf Knochen traf. Ein Ächzen, ein Wummen, ein Krachen. Einer der Gegner ging in Normalgeschwindigkeit zu Boden, sein Körper schlug mit einem dumpfen Klatschen auf. Staub wirbelte um ihn herum hoch. Sein Freund stand noch eine Sekunde länger aufrecht, bevor auch er auf dem Boden lag und von einem Treffer in seinem Gesicht blutete, den ich nicht gesehen hatte.

Dann kam Kjel zum Stillstand. Eine Schweißschicht überzog seinen Körper, seine Fingerknöchel waren rot, aber ansonsten war er unverändert.

Die anderen? Einer war bewusstlos, dem anderen stand der Unterarm in einem Winkel ab, bei dem mir die Galle aufstieg. Kjel stand einen Moment lang über ihnen und blickte auf das Duo hinunter, das er gerade vernichtet hatte. Dann wandte er sich zu mir.

Sein dunkler Blick traf meinen. Hielt ihn. Er kam auf mich zu, während ich andere zu den verletzten Kämpfern eilen sah, um ihnen zu helfen. Sie holten wieder die blau leuchtenden Stäbe hervor, schwenkten sie über ihren verletzten Körpern.

Ich konnte dem faszinierenden Weltraum-Gerät keine Beachtung schenken, denn Kjel nahm mein gesamtes Blickfeld ein. Er trat näher heran, noch näher, sodass ich die Knie spreizen musste, damit er sich zwischen sie stellen konnte. Ich spürte seine Hüften an der Innenseite meiner Schenkel, sah den schwarzen

Bartschatten auf seinem Kinn. Die goldenen Sprenkel in seinen Augen.

„Du bist von der Erde."

Ich nickte.

„Lindsey von der Erde, du bist meine geprägte Gefährtin." Er nahm meine Hand in seine, hob sie hoch, sodass unsere Finger sich verschränkten, unsere Handflächen einander berührten. Unsere *Male* einander berührten.

Ich keuchte auf bei der sengenden Hitze der Berührung, dann nichts. Nein, nicht nichts. Während das Mal völlig zu schmerzen aufhörte, fühlte ich die Verbindung anderswo in meinem Körper. Meine Brüste wurden schwer und schmerzten, meine Nippel formten sich zu harten Spitzen. Meine Pussy pochte und ich schob ihm meine Hüften entgegen, sodass ich ihn mit mehr als nur meiner Hand berühren konnte. Ich wollte meinen Kitzler an seinem Schwanz reiben, selbst durch seine Hosen hindurch, und kommen. Ich wusste dank des Traumes, wie sich das anfühlen würde, und ich begehrte es.

Ich sah dieselbe Hitze auch in seinen Augen aufflammen, wusste, dass er dasselbe empfand. Er beugte sich mir entgegen und gab mir, was ich brauchte. Ich spürte den kräftigen Druck seines Körpers an meinem. Meine Brüste pressten sich in seine harte Brust. Sein Schwanz—Gott, ja!—presste sich an mich und ich spürte jeden dicken, harten Zentimeter an meinem Unterbauch.

„Der Traum", raunte ich.

„Neben dem Mal"—er drückte meine Hand, wo wir uns berührten—"beweist der Traum, dass du mir gehörst. Und ich dir."

Er grinste, und ich sah ein Grübchen. Mein Höschen war nun ruiniert.

Er beugte sich näher zu mir, bis sein warmer Atem auf mein Ohr hauchte und nur ich ihn hören konnte. „Ich will wieder spüren, wie deine Pussy sich um mich herum krampft, spüren, wie du auf meinen Schwanz hinunter tropfst. Dich auf meiner Zunge schmecken. Den Duft deiner Erregung einatmen."

Er atmete tief durch die Nase ein. „Mmmh. Ich kann deine Pussy riechen, Gefährtin."

Oh mein Gott. Ich würde schon allein von seinem Dirty Talk kommen.

„Jäger Kjel. Nimm deine Gefährtin und geh." Ich rührte mich nicht. Auch Kjel nicht. Der Befehl kam von hinter mir, also war es entweder Rezz oder Mister Tellerhände. „Du hast Voth und seinen Sekundär besiegt. Niemand sonst steht als Herausforderer da."

Im einen Moment blickte ich noch in Kjels dunkle Augen, im nächsten hatte er seinen Griff gelockert, mich an den Hüften gepackt und mich über seine Schulter geworfen. Meine Hände landeten auf seinem Hintern, als er sich in Bewegung setzte. Seinem ausgesprochen festen, ausgesprochen knackigen Hintern.

„Hunter, was ist mit dem Eindringling?", sagte jemand.

Ich konnte nicht glauben, dass er eine Unterhaltung führen würde, während ich wie ein Kartoffelsack herumgeworfen wurde.

„Der Eindringling ist aufgefunden und ihn Gewahrsam genommen worden. Bitte informieren Sie den Gouverneur, dass ich mich um sie kümmern werde. Höchstpersönlich."

Als seine Hand auf der Rückseite meines Oberschenkels zu ruhen kam und seine Finger nach innen rutschten, um über meine Pussy zu streichen, da wusste ich ganz genau, wie er sich *um mich kümmern* würde.

„Beeil dich", flüsterte ich, wollte den Traum zurück, aber diesmal in Echt. Ich konnte ihn vielleicht nicht behalten, aber ich konnte ihn jetzt haben. Und bei dem Scheißhaufen, der mein Leben in den letzten paar Jahren war, wollte ich mir ein paar Stunden Himmel auf dieser seltsamen, fremden Welt gönnen.

Seine Schritte wurden schneller, und ein Knurren rollte durch ihn hindurch und in mich hinein.

„Zwischen uns gibt es viele Fragen", sagte Kjel, nachdem er mich abgesetzt hatte. Er war ein paar Minuten lang nicht stehengeblieben. Ich hatte andere Schritte gehört, die Beine und Füße von zwei Kriegern gesehen, die uns gefolgt waren, aber niemand sprach. Da ich kopfüber hing, konnte ich nur feststellen, dass der Boden weiterhin felsig war und das Gebäude, in das er mich brachte, glatte schwarze Böden hatte.

„Ja." Er hielt mich mit einer Hand am Arm fest, um sicherzugehen, dass ich das Gleichgewicht halten konnte. Wir schienen in seinem Wohnquartier zu sein. Niemand sonst war anwesend. Der

Raum war modern, spärlich und ordentlich. Es war eine Kreuzung zwischen der Kabine auf einem Kreuzfahrtschiff—ich war einmal als Teenager auf einer Kreuzfahrt gewesen, mit einer Freundin, deren Familie genug Geld hatte, um mich mitzunehmen—und einer Militärkaserne. Es gab ein Fenster, das allerdings getönt war wie ein Autofenster, und ich konnte kaum hinaus sehen. Ein Schreibtisch und ein Stuhl, ein Bett und eine weitere Tür, von der ich annahm, dass sie in ein Badezimmer führte.

Aber Kjel meinte nicht Fragen über seinen Wohnbereich. Nein. Er meinte alles andere. Das Mal. Die Hitze. Den Traum. Den Kampf. Meine Anwesenheit auf der Basis. Die blauen Zauberstäbe. Die Anziehung zwischen uns. Den Drang, ihn zu ficken, der sich in meine Eingeweide ätzte wie Säure, was brannte und schmerzte. Ich brauchte es so dringend, ihn zu berühren, dass mein Körper doch tatsächlich wehtat.

Einfach alles tat weh.

Ich könnte ihm den ganzen Tag lang Fragen stellen. Und ihm ging es ebenso. Um seine Gefährtin war in einer Arena voller Aliens gekämpft worden. Nein, für ihn waren es keine Aliens. In einer Arena voller Krieger. Er war nicht erfreut gewesen. Er war besitzergreifend gewesen. Das war er immer noch. Ich spürte es, zusammen mit der wachsenden Anziehung, von ihm ausgehen.

„Ich verstehe diese Sache zwischen uns nicht", antwortete ich. „Den Traum? Wie warst du in meinem Traum?"

Er beugte sich mir entgegen, hob eine zarte Hand, um mir über die Wange zu streichen. Diese simple Berührung brachte mich zum Schmelzen, und ich war bereit, ihm alles zu geben, was er wollte.

Das sah mir nicht ähnlich. Ich war noch nie so richtig scharf auf einen Mann gewesen. Selbst dem Samenspender war es nie gelungen, mich so richtig anzuheizen.

Aber das hier? Bei Kjel verbrannte ich am lebendigen Leib.

„Begehrst du mich? Spürst du das Feuer zwischen uns brennen?"

Ich nickte, gefangen in seinen Augen. Ich konnte es nicht leugnen.

„Dann stellen wir unsere Fragen doch später." Seine Augen trafen auf meine, als suchte er nach einer stillen Zustimmung. Einer Einwilligung. „Ich will dich berühren."

Später hieß wohl: *jetzt ficken, später reden.*

Ich bezweifelte, dass eine professionelle Spionin ihre Träume mit einem Alien teilte, innerhalb von Minuten nach ihrer Ankunft auf einem neuen Planeten entlarvt wurde, von einer Horde Hive-verseuchter Krieger umkämpft und dann von einem geprägten Gefährten in Besitz genommen würde. Ich bezweifelte, dass eine echte Spionin den Mann ficken wollen würde, der um sie gekämpft und sie gewonnen hatte in einer Art archaischem, brustklopfendem Testosteron-Fest.

Tja, ich war eben keine Spionin. Aber ich hatte langsam das Gefühl, dass an der Sache mit den geprägten Gefährten etwas dran war. So wie an diesem einen Wort. *Später.*

„Später", stimmte ich zu. *Jetzt ficken, später reden.*

Er hatte sein Hemd nach dem Kampf nicht wieder angezogen, was die Sache erleichterte. Ich schloss die geringe Distanz zwischen uns und legte meine Hände auf seinen soliden Oberkörper. Oh ja. Heiße Haut, weich und glatt. Darunter harte Brustmuskeln und ein Waschbrettbauch. Ich bearbeitete seinen Gürtel mit einer Gier, die ich so nicht kannte. Ich wollte ihn nackt. Jetzt.

Ich war keine Jungfrau. Ich hatte Wyatt bekommen, und das war keine unbefleckte Empfängnis gewesen. Aber sein

Vater war ein echter Fehler gewesen, ein Kerl, der in dem Moment wegrannte, als es ernst wurde. Ich sah ihn als nicht mehr als einen Samenspender. Damals war er einfach nur ein dummer Fehler.

Als Wyatt auf die Welt kam, hatte ich kein Interesse an Sex. Nachdem ich eine Wassermelone da raus gepresst hatte und ihn stillte, war mein Körper Sperrgebiet. Bis meine Libido zurückgekehrt war, hatte ich zwei Jobs und machte meine Ausbildung. Ich hatte keine Zeit für Schlaf, geschweige denn eine lauwarme Stunde im Bett mit einem Mann, den ich nicht liebte. Ich hatte kaum Zeit, zu duschen und mir die Beine zu rasieren, geschweige denn für eine Beziehung.

Zu sagen, dass der Traum, den ich mit Kjel geteilt hatte, der schärfste Sex war, den ich je hatte, war nicht übertrieben. Ich war tatsächlich gekommen, und ganz ohne Hilfe meiner Finger. Das wollte ich nochmal. Jetzt.

In siebzig Stunden würde ich wieder

abreisen. Ich konnte es mir herausnehmen. Es war wie das alte Sprichwort: *Was im Weltraum passiert, bleibt im Weltraum.*

Seine Hosen öffneten sich, und ich legte meine Finger um den Saum und zog daran, schob sie hinunter, aber der Stoff hing fest. An seinem Schwanz. Vorsichtig schob ich seine Kleidung an der dicken Beule vorbei, und als sein langer, harter Schwanz nicht länger eingepackt war, hüpfte er hervor. Ja, hüpfte. Er war steif und lang und zeigte nach oben, direkt auf mich.

„Wow."

Ja, das war nicht das Intelligenteste, was ich sagen konnte, aber wenn da ein unglaublicher Schwanz *direkt vor mir* war, der hart war, und zwar ganz für mich. Da setzte eben mein Hirn aus. Ich begutachtete seine rötliche Färbung, ein paar Schattierungen dunkler als der Rest von ihm. Eine pulsierende Ader lief an ihm entlang, betonte die vielen Zentimeter dicken Schwanzes. Gott, meine

Gedanken klangen wie ein Pornofilmchen, aber dieser Schwanz?

Wow.

Der Kopf war breit, wie ein Feuerwehrhelm. Der geschwungene Rand ließ meine Innenwände zusammenzucken bei dem Gedanken daran, wie er über jedes gierige Nervenende in meiner Pussy reiben und gleiten würde.

Kjels Hände waren an seiner Seite, aber ich sah, wie seine Finger sich zu Fäusten krümmten, als würde er sich zurückhalten, mich zu berühren. Ich sah einen Lusttropfen aus dem engen Schlitz der Spitze treten, und ich leckte mir die Lippen. Ich warf einen raschen Blick hoch zu Kjel, sah die Hitze und Vorfreude in seinen Augen. Er wartete ab, was ich tun würde.

Er war es, der entblößt und verletzlich war. Ich war noch vollständig bekleidet, was mir die Wahl ließ, was passieren sollte. Ja, er wollte mich ficken. Und das würde er wohl auch, selbst wenn er mich schrittweise verführen musste. Aber das würde nicht notwendig sein.

Gott, nein.

Ich blickte wieder auf seinen Schwanz und ging dann auf die Knie, das pulsierende Glied direkt vor meinem Gesicht. Sein gequältes Knurren wich einem Lustschrei, als meinen Zunge hervorblitzte und diesen Tropfen seiner Flüssigkeit aufleckte.

Ich hatte ein paar Liebesromane gelesen, ziemlich dreckige noch dazu, und ich war danach feucht und angetörnt gewesen. Ich hatte meinen Vibrator hervorgeholt und mich zum Kommen gebracht, während ich vom Helden fantasierte.

Ich dachte, das wäre Erregung gewesen. Nein, das war gar nichts gewesen. Laues Interesse bestenfalls. Das hier, mit Kjel? Es war wie ein Inferno. Je länger ich bei ihm war, umso gieriger wurde ich. Hungrig. Verzweifelt. Rasend nach ihm.

Ansonsten wäre ich nicht auf den Knien, um seinen Geschmack kennenzulernen. Ich stürzte mich nicht gleich in einen Blowjob. So war ich nicht. Ich küsste einen Mann gerne auf den Mund, bevor ich überhaupt daran denken würde, ihm ordentlich einen zu blasen. Aber mit Kjel? Alle Regeln waren aus dem Fenster. Hierfür gab es keine Anleitung. Ich war vom Verlangen gesteuert. Und ich wollte, dass er unter meiner Berührung bebte. Ich wollte ihn erobern. Ich wollte, dass er so verrückt vor Lust war, so verhungert nach mir, dass er mich auf dieses Bett werfen und mich ficken würde, bis ich um Gnade bettelte.

Mit meiner rechten Hand packte ich ihn am Ansatz seines Schwanzes. Meine Finger konnten ihn nicht ganz umfassen. Würde das in mich hinein passen? Konnte ich etwas so Dickes aufnehmen? So Langes? So verdammt Hartes?

Darüber würde ich mir später Gedanken machen. Jetzt wollte ich ihn auf meiner Zunge spüren, mehr von seinem Geschmack haben—salzig und beinahe scharf. Mehr Flüssigkeit trat hervor, und ich sammelte alles auf, während seine Hand sich sanft auf meinen Kopf legte. Als ich anfing, die Eichel wie eine Eiscremekugel zu lecken, krümmten sich seine Finger, ballten sich.

Als ich die Lippen öffnete, den Mund weit aufmachte und ihn in den Mund nahm, zerrte er an meinem Haar. Er stöhnte, und meine eigenen lustvollen Laute, die sein leicht schmerzhaftes Ziehen an den Haaren verursachte, gingen darin unter.

Meine freie Hand legte sich zur Balance auf seinen Schenkel, meine Handfläche auf seiner Uniformhose, und meine Finger auf seiner nackten Haut darüber. Das krause Haar dort erweckte meine Sinne nur noch mehr zum Leben.

Ich konnte ihn nicht ganz aufnehmen. Ich war kein Porno-Star, obwohl ich bezweifelte, dass selbst die das konnten. Er war einfach...groß. Und so bearbeitete ich ihn, so gut ich konnte. Bewegte mich so, dass ich ihn so tief wie möglich in meinen Mund nehmen konnte, dann zurück, und meine Faust glitt und drehte sich hoch und nieder, um hoffentlich alles an ihm befriedigen zu können.

„Lindsey." Das Wort war wie ein Bellen, grob und kehlig, und es jagte mir die Gänsehaut über meinen Körper.

Seine Finger zerrten, zogen mich ganz von sich. Ich blickte durch meine Wimpern zu ihm hoch. „Willst du, dass ich aufhöre?"

Seine Augen wurden so groß, dass er beinahe irre aussah. „Götter, nein. Aber ich werde schon nach Sekunden kommen wie ein unerfahrener Jugendlicher. Ich liebe es zwar, deinen süßen Mund zu ficken, aber ich bin noch lange nicht fertig, und ich will tief in deiner Pussy kommen."

Aber genau so wurden Frauen schwanger. Gott sei Dank hatte ich vom

Frauenarzt letzten Monat eine Verhütungsspritze bekommen. Keine Babys für mich. Die Spritze würde eine Schwangerschaft verhindern, was bedeutete, dass ich einfach den Moment genießen konnte. Ich liebte meinen Sohn, aber mehr würde ich im Moment nicht auf die Reihe kriegen, alleine und mich damit abmühend, ihn zu versorgen.

Aber Kjel? Diese Hitze? Die war für mich. Zum ersten Mal seit Jahren würde ich mir etwas für mich selbst nehmen.

Und ich wollte diesen wunderschönen Kerl eines Kriegers.

Ohne Reue. Keine Fehler. Mit Kjel zusammen zu sein war zu machtvoll, zu perfekt für Reue. Seine Manneskraft stand außer Frage. Seine Eier waren groß und hingen schwer zwischen seinen starken Schenkeln. Ich war bereit dazu, mich auf der Stelle hinzulegen und mich von ihm ficken zu lassen, alleine schon nach dem Geschmack auf meiner Zunge, den lüsternen Worten, die er sprach.

Ich dachte an nichts anderes als daran, ihn in mir zu haben, mich weit dehnend, mich füllend. Ich war verwegen, wild. Hemmungslos.

Ich musste zu Wyatt nach Hause, aber das hier? Das hier war nur eine wilde Nacht, die ich so, so sehr brauchte. Ohne Bindung. Ohne Auswirkungen. Nichts als ein scharfes Alien-Abenteuer. Morgen würde ich mehr über diese Welt lernen, besonders über das blaue Stab-Ding, das zu heilen schien. Wenn es große Kämpfer mit gebrochenen Knochen heilen konnte, dann doch bestimmt auch Wyatts Bein. Ich war hier auf der richtigen Spur. Info holen, die Story holen, Geld holen und einen Weltraum-Stab, um mein Kind zu heilen. Ich war vielleicht entdeckt worden, aber die Sache lief gut für mich. Besonders, da ich einen fast nackten Alien-Mann hatte, der bereit stand, mich wie ein Höhlenmensch zu ficken.

Meine Sorgen waren besänftigt, und

als er mich an den Handgelenken packte und mich auf die Füße zog, dachte ich nicht weiter nach. Ich machte bereitwillig mit, gab die Kontrolle auf. Ich hatte bereits entschieden, dass ich mich ihm hingeben würde. Nun konnte ich mich nur noch an ihm festhalten und mich mitreißen lassen.

5

Kjel

Ich wusste, es war kompliziert. Von Lindsey gab es viel zu erfahren, der Erdenfrau, die aus dem Nichts heraus auf dem Planeten aufgetaucht war. Maxim würde sie sprechen wollen. Wie war sie in die Lüftungsschächte gelangt? Warum war sie hier? Wie war sie in die Hauptfrachträume gelangt? Krael hatte das friedvolle Gleichgewicht auf dem Planeten zerstört, die Illusion von Sicherheit, und alle waren nervös. Ängstlich. Krieger waren gestorben, und viele hatten die Sorge, dass sie als nächstes dran sein könnten. Wir waren zwar im Exil, aber wir sollten hier doch auch in Sicherheit sein. Wir hatten nun Gefährtinnen, die unter uns arbeiteten und lebten.

Das war mir alles scheißegal. Mir war nur Lindsey wichtig. Ich hätte sie an Maxim übergeben sollen. Ich hätte ihr all die Fragen stellen sollen, die sich in meinem Kopf anhäuften. Aber sie war meine geprägte Gefährtin, und das übertrumpfte alles andere.

Ich brauchte keine Antworten von ihr, um zu wissen, dass sie keine Verräterin war. Mir war egal, welches Wunder sie zu mir gebracht hatte, oder warum sie wie durch Magie aufgetaucht war. Es war belanglos. Sie gehörte mir. Und sie hatte gerade mit einer Hingabe an meinem Schwanz gelutscht, bei der sich meine Eier zusammenzogen und mein Orgasmus sich in meinem Becken aufgebaut hatte. Ich wollte nichts mehr, als in der engen, feuchten Hitze ihres Mundes zu kommen, aber ich wollte stattdessen ihre Pussy. Ich wollte mich tief versenken, mit ihr eins werden und sie füllen. Wie ich die Macht der Male kannte, würde meine Begierde nach ihr nur noch intensiver werden.

Ich spürte auch ihre Not, wusste, dass sie nur schlimmer und schlimmer werden würde, bis ich sie endlich erobert hatte. Ich sehnte mich danach, sie an mich zu binden, aber zwischen uns war zu viel noch unbesprochen. Wenn ich sie für immer in Besitz nehmen wollte, würde sie wissen müssen, was los war, und ihre Wahl treffen. Mich wählen.

Bis dahin würden wir unsere Körper kennenlernen. Ich würde erkunden, was sie scharf machte, was sie zum Stöhnen brachte. Ich würde sie zum Kommen bringen, wieder und wieder, bis nur noch mein Name ihre Gedanken beherrschte, nur die Lust, die ich ihr schenkte, und sie für alles andere blind machte, was zwischen uns stand. Da war vieles, aber es würde warten.

Sie zu ficken würde nicht warten.

Sobald sie wieder auf den Füßen stand, legte ich ihr meine Hände auf die kleinen Schultern und drückte sie rückwärts aufs Bett zu. „Du trägst zu viele Kleider", sagte ich zu ihr.

„Das stimmt."

Ich brauchte sie nicht mehr um ihre Zustimmung zu fragen; sie war bereits auf den Knien gewesen und hatte mir einen geblasen. Ich würde aufhören, wenn sie das wollte, aber als sie sich ihr Hemd über den Kopf zog, hatte ich meine Antwort.

Als ihre Unterwäsche zum Vorschein kam, erstarrte ich auf der Stelle, wie hypnotisiert.

Sie zog sich mit dem Fuß einen Stiefel aus, dann den anderen, bevor sie sich die

Hosen über die breiten Hüften herunterschob.

„Was zum Teufel ist das denn?“

Sie blickte an ihrem perfekten Körper hinunter auf die roten, durchsichtigen Stoffstückchen, die mit glänzendem Material gemischt ihre kleinen Brüste bedeckten. Weiter unten bedeckte ein dazu passendes Dreieck ihre Pussy. Dünne, zarte Riemchen zogen sich über ihre Hüften und verschwanden hinter ihr. Ich legte eine Hand um ihre Hüfte und wirbelte sie herum. Ihr Hintern war überhaupt nicht von Stoff bedeckt, nur ein dünner roter Riemen verschwand zwischen den herzförmigen Pobacken. Ich wirbelte sie wieder zu mir herum.

Sie blickte zu mir hoch, ein verspieltes Lächeln auf dem Gesicht. „Gefällt es dir?“

„Gefallen?“, wiederholte ich, und meine Stimme war ein Zischen. Ich hatte noch nie etwas Ähnliches gesehen. Es war verlockend, verführerisch und machte mir Verheißungen darüber, was darunter lag. Ich konnte ihre Nippel nicht sehen, nur die harten Umrisse durch das dünne Kleidungsstück, aber ich stellte mir deren Farbe vor.

Ich machte einen Schritt zurück, packte meinen Schwanz und begann, ihn langsam zu streicheln, um das Sehnen in ihm zu lindern.

„Das kann auf der Erde doch nicht legal sein."

Da lachte sie, fuhr sich mit der Rückseite ihrer Finger über die sanfte Kurve einer Brust, dann der anderen. „Also soll ich es ausziehen?"

Langsam schüttelte ich den Kopf. „Nein. Das ist mein Job." Ich streichelte mich weiter. „Leg dich aufs Bett."

Meine Gefährtin war eine Verführerin. Sie drehte sich herum, setzte ein Knie auf die weiche Matratze und kroch darüber, präsentierte mir ihr Hinterteil, und die dünne rote Linie lockte mich mit dem, was dahinter lag. Ich streckte meine freie Hand aus und gab ihr einen Klaps auf eine pralle Backe. Sofort erblühte ein Handabdruck, der farblich zu ihrer spärlichen Bekleidung passte.

Sie quietschte auf, dann warf sie sich auf den Rücken, auf die Ellbogen gestützt. In ihrem blassen Blick lag kein Ärger, nur Feuer. Aufgestautes Feuer. Es war an der Zeit, es zu schüren.

Ich ließ meinen Schwanz los. Er pochte zwar vor Not, aber er würde warten müssen. Ich musste zuerst noch Dinge mit meiner Gefährtin anstellen.

Ich packte eine ihrer schlanken Fußfesseln und schob sie auf den Bettrand zu, spreizte ihre Beine. Von hier aus konnte ich sehen, wie der rote Stoff, der ihre Pussy bedeckte, dunkel war, befleckt von ihrer Erregung. Mir lief das Wasser im Mund zusammen, ich wollte sie schmecken.

Ich packte ihren anderen Fuß und zog sie näher an mich heran, dann kniete ich mich direkt an der Bettkante auf den

Boden. Danach griff ich unter ihre Kniekehlen, zog sie noch näher heran und legte mir erst ein Bein, dann das andere über die Schulter. Sie war so klein, so zart, dass ich Angst hatte, zu grob zu sein, aber es kam keine Beschwerde, nur ein kehliges Stöhnen der Überraschung.

Ihre Pussy war direkt vor mir. Ich atmete tief ein. Das... *das hier* war nicht in dem Traum gewesen, den wir geteilt hatten. Ihr reifer, dunkler Duft ließ mir einen beständigen Strom an Lusttropfen von der Schwanzspitze triefen. Mit einer Fingerspitze berührte ich den zarten Stoff.

„Wie nennt man das?"

Sie war immer noch auf die Ellbogen gestützt und beobachtete mich. „Mein Höschen?"

Ich fuhr mit der Fingerspitze über jeden Zentimeter des *Höschens.*

„Sie sind Teil der Uniform für Erdenkrieger?"

Sie schüttelte den Kopf. „Ich hatte

nicht damit gerechnet, dass sie irgendjemand zu sehen bekommen würde."

Da knurrte ich, bei dem Gedanken daran, dass jemand anderes diese sexy Darbietung sehen könnte. Es trieb mich nur an, alles über sie erfahren zu wollen, alles von ihr *sehen* zu wollen.

Ich wusste, dass ich über ihren Kitzler gestreift war, als ihre Beine sich auf meinen Schultern anspannten. Ich strich am Rand entlang, fuhr mit dem Finger darunter, schob den Stoff zur Seite und sah sie zum ersten Mal.

Pink und schlüpfrig lag ihr Körper entblößt vor mir. Angeschwollen. Perfekt.

Ich warf ihr einen kurzen Blick zu, sah, wie sie sich auf die Lippe biss, als würde sie sich davon abhalten müssen, zu betteln. Dann senkte ich meinen Kopf.

Schmeckte sie.

Ihre Hand wanderte an meinen Kopf, verstrickte sich in meinem Haar. Zerrte daran. Der leise Schmerz erhöhte meine

Lust nur noch. Ich war nicht sanft. Das konnte ich gar nicht, und doch würde ich ihr niemals wehtun.

Nein, ich brachte sie gnadenlos bis an die Grenze. Ihr Geschmack überzog meine Zunge, setzte sich in meinem Kopf fest, in meinen Sinnen.

Sie reagierte so stark, war so nass, dass ich alles aufleckte und mit der Zunge an ihrem Kitzler spielte.

„Bitte", flehte sie, und ihre Fersen drückten sich in meinen Rücken und zogen mich näher heran.

Ich konnte es ihr nicht verwehren. Nicht jetzt. Vielleicht ein andermal, wenn unser Liebesspiel leichtherziger war. Dieses erste Mal war alles andere.

Dringlich.

Rasend.

Wild.

Hemmungslos.

Ich schob zwei Finger in sie hinein, krümmte sie, fand sofort den schwammigen Punkt, bei dem sie das Kinn zur

Decke streckte und ihr Schrei die Luft erfüllte. Ich hörte mit der Zunge nicht auf, trieb die Lust durch sie hindurch, während ihre Pussy an meinen Fingern drückte und zerrte, sie in sich hinein zog, als würde sie mehr brauchen.

Und das tat sie. Mein Mund war nicht genug. Das würde er nie sein.

Ich stand auf, wischte mir mit dem Handrücken den Mund ab, dann zog ich mich aus. Ich beeilte mich, begierig darauf, sie wieder zu spüren. Ich genoss es, wie ihre Augen bei meinem Anblick groß wurden, vor Hitze aufflammten. Ich selbst genoss den Anblick, wie sie vor mir lag, mit gespreizten Beinen, ihre Pussy unter dem zierlichen Rand ihres Höschens hervorlugend. Sie streckte mir eine Hand entgegen. Ich schob sie zur Seite, packte den dünnen roten Faden an ihrer Hüfte und zog daran, riss ihr den Stoff vom Körper. Nun lag sie nackt vor mir, bis auf diese verdammt sexy Bekleidung auf ihren Brüsten.

„Wie nimmt man das ab?“, fragte ich und zeigte darauf.

Sie behielt ihren Blick auf mir, während ihre Hände irgendwie einen Verschluss zwischen ihren Brüsten öffneten. Das Kleidungsstück teilte sich, und ihre kleinen, perfekt runden Wölbungen kamen zum Vorschein.

Ich knurrte.

„Ich werde dich nun ficken. Ja?“, fragte ich mit heiserer Stimme. Ich würde meinen grundlegendsten Bedürfnissen widerstehen können, wenn sie Nein sagte, aber als sie nickte und „Ja“ hauchte, griff ich wieder unter ihre Knie, setzte meinen Schwanz an und glitt in sie hinein.

„Oh Gott“, sagte sie, und ihre Augen fielen zu.

„Heilige Scheiße“, raunte ich. Meine Füße waren auf dem Boden und ich hatte den perfekten Hebel, um mit einem langen, glatten Stoß in sie zu fahren. Ich stieß bis zum Anschlag hinein, und sie zog sich um mich zusammen und drückte mich. Die Wände ihrer Pussy passten sich an, für mich so weit offen zu sein.

Mit einer Hand immer noch in ihrer Kniekehle beugte ich mich vor und stützte eine Handfläche auf dem Bett neben ihrem Kopf auf.

„Sieh mich an", sagte ich.

Ihre Augen flatterten auf, die blasse Farbe nun ein dunkles, stürmisches Grün.

„Ich will zusehen, wie du kommst, es spüren, wenn du auf meinem Schwanz zuckst."

Ihre Wände zogen sich wieder zusammen. Ich zog mich heraus, stieß tief zu.

„Diese Pussy, sie gehört mir."
Sie schrie auf.
Ich senkte den Kopf, nahm einen Nippel in den Mund und spürte, wie er auf meiner Zunge hart wurde.
Ihr Rücken streckte sich durch, und

ihre Hände strichen meinen Rücken hoch und runter, wobei ihre Nägel Furchen in meine Haut zogen.

Mein Orgasmus baute sich in der Wirbelsäule auf, zog meine Eier an. Ich konnte nicht aufhören, konnte nichts tun, als in sie zu pumpen, ihre Wände mit meinem Schwanz zu streicheln, jeden feuchten Zentimeter in ihr zu spüren.

„Du wirst noch einmal kommen", sagte ich.

Es war herrisch und äußerst anmaßend, aber sie war meine Gefährtin, und ich wusste ganz genau, was sie brauchte. Wusste, dass sie kommen würde, wenn ich es befahl, so wie auch ich meine eigene Lust nicht zurückhalten konnte.

Ihre Muskeln zuckten zusammen, ihr Körper wurde still und sie kam, molk mich mit ihren Wänden. Diesmal schrie sie nicht; sie hatte keine Stimme, nur ihr Mund war weit offen, während sie auf der Lustwelle ritt, die ich ihr schenkte.

Ihr Orgasmus gehörte mir. Ich hatte ihn ihr gegeben.

„Meins", knurrte ich, als *sie* mir gab, was ich schon ewig begehrte. Dies war mehr als sich einen runterzuholen. Dies war mehr als eine schnelle Nummer. Nein, dies war meine Gefährtin, und wir waren ein und alles.

Mein Orgasmus schoss durch mich, mein Samen sprühte aus meinem Schwanz tief in ihr heraus, füllte sie, benetzte sie. Markierte sie. Es war keine Besitznahme, aber das würde schon bald folgen.

Fürs Erste sackte ich über ihr zusammen, glücklich darüber, dass sie hier in meinen Armen war, mein Schwanz tief in ihr. Ich hatte sie gefunden, und ich würde sie auf keinen Fall wieder gehen lassen.

Lindsey

. . .

Der Gouverneur dieser Basis war ein Alien, und er war angsteinflößend. Er sah nicht ansatzweise menschlich aus, nicht wie mein Kjel. Und er war riesig, zumindest zweieinhalb Meter groß mit Schultern, die doppelt so groß waren wie die jedes normalen Mannes, den ich je gesehen hatte. Sein Name war Maxim, und seine Haut hatte eine satte, dunkle Kupferfarbe. Seine Augen hatten die Farbe von Kaffee, und sein Haar war beinahe schwarz. Seine Gesichtszüge waren kantig, seine Nase ein wenig zu spitz, Kinn und Wangenknochen zu scharf, um menschlich zu sein. Und er war in diesem Moment nicht besonders erfreut über mich. Ebenso wenig wie seine Gefährtin, Rachel.

Sie hatten sie nach der ersten Stunde dazu geholt. Hatten vielleicht gedacht, ich würde meine Geschichte ändern.

Das würde ich nicht. Das konnte ich

gar nicht. Ja, ich log, aber ich hatte keine Wahl. Wenn ich es nicht zurück auf die Erde schaffte, würden sie meinem Sohn wehtun. Ihn vielleicht gar töten. Ich holte tief Luft und packte den Rand des übergroßen Stuhls, auf dem ich saß, fester. Meine Füße baumelten unter mir, als wäre ich wieder im Kindergarten. Ich fühlte mich klein und verletzlich. Und dieses Gefühl hasste ich.

„Ich sagte doch. Ich bin Reporterin. Mit Storys über die Kolonie lässt sich richtig fett Kohle machen."

„Netter Versuch, Lindsey. Wir kaufen Ihnen diese Geschichte nicht ab." Das war seine Gefährtin Rachel, die sprach. Ihre Arme waren verschränkt, und ich kannte diesen Gesichtsausdruck. Sie war von der Erde, wie ich. Ihr Akzent war amerikanisch, wie meiner. Aber anders als ich schien sie glücklich darüber zu sein, hier zu sein. Sie trug eine dunkelgrüne Uniform, was, wie ich erfahren hatte, bedeutete, dass sie auf der Krankenstation arbeitete. Auf der Erde war sie Biochemikerin oder so ähnlich gewesen. Etwas mit viel zu viel Mathe und Naturwissenschaft für meinen Geschmack.

Unglücklicherweise war sie blitzschlau, und ich fühlte mich wie ein zurechtgewiesenes Schulmädchen. Ich befürchtete, dass sie mich durchschauen würde. Wie Kjel mich ansah, war keine Hilfe. Von allen hier war es bei ihm am Schwersten, ihn anzulügen. Ich wollte mich ihm in die Arme werfen, einen zwei Stunden langen Heulkrampf haben und ihn alles regeln lassen. Leider war er auf der Kolonie im Exil, und ich musste nach Hause, Lichtjahre weit weg. Wyatt brauchte mich. Und so wunderbar und umwerfend Kjel auch gewesen war, war es auch bittersüß gewesen, denn ich wusste, dass ich nicht bleiben konnte. Ich war nicht die Art von Mutter. Mein Sohn stand an erster Stelle. Und wenn das hieß, dass ich ohne Kjel leben musste, ohne irgendjemanden für mich, nun, dann würde Wyatt eben ausreichen müssen.

Ich schloss die Augen und erinnerte mich an seine süßen Grübchen, seine vertrauensvollen blauen Augen und die zarte kleine Hand in meiner. Schon beim Gedanken daran spürte ich ein Sehnen in der Brust. Sein Glück war wichtiger als meines. Er war wichtiger, als ich es je sein konnte. Was war ich schon? Eine dahergelaufene College-Absolventin, die das Interesse eines Mannes nicht halten konnte, sobald ein Kind im Spiel war?

Nein. Ich war eine Mutter. Ich zog einen jungen Mann dazu groß, besser als sein Vater zu sein. Und das musste reichen. Nein, es würde reichen. Ich wappnete mich, öffnete die Augen und sah Rachel direkt in die Augen, während ich log.

„Es geht um hundert Riesen, Rachel." Ich zuckte die Schultern und versuchte, einfältig dreinzusehen, unschuldig, ahnungslos und so harmlos wie nur möglich. „Es werden noch mehr Reporter hierher kommen."

„Im Ernst?" Rachel verdrehte die Augen. „Das ist doch verrückt."

„Neugier siegt", hatte ich dazu zu sagen. „Seit dem Tod von Captain Brooks rennen Verschwörungstheoretiker im Internet Amok, mit allerhand verrückten Geschichten." Ich breitete die Arme aus, um die gesamte Basis anzudeuten oder gar den Planeten, und fuhr fort: „Man denkt, das hier wäre eine Art Gefängnis. Dass die Koalition unsere Soldaten entführt und sie hier ohne Gerichtsverfahren einsperrt. Dass sie hier gefoltert werden, ihnen die Freiheit verwehrt wird, sie wenig mehr als Sklaven sind. Und es gibt einen Haufen Leute, die das glauben."

Sie verdrehte die Augen. „Himmel. Kein Wunder, dass es in den letzten Monaten Schwierigkeiten gab, Leute von der Erde zu rekrutieren", murmelte Rachel.

„Die Anzahl der Krieger von der Erde ist seit Brooks' Tod gesunken. Mein Bruder hat mir gesagt, dass die Anzahl von neuen Kriegern um die Hälfte weniger beträgt." Maxims dunkle Brauen zogen sich zusammen, zu einer Alien-Version eines finsteren Blickes, und ich wich instinktiv zurück, aber Kjel war zur Stelle. Sobald seine Hand sich auf meine Schulter legte, konnte ich wieder klar denken. Er gehörte nicht mir, aber er würde nicht zulassen, dass mir etwas passierte. Ich wusste das mit einer Gewissheit, bei der mein ganzer Körper beim Gedanken daran weh tat, ihn zurückzulassen. Aber er war von der Kolonie. Ein Alien. Und ich musste nach Hause.

Ich hatte mir die weitläufigeren Konsequenzen des Ganzen noch nicht wirklich überlegt. Oder was passieren würde, wenn die Erde nicht die versprochene Anzahl von Kriegern in den Kampf schicken würde. Das war nicht mein Problem, oder zumindest hatte ich das gedacht. Bis jetzt zumindest. Wie sehr waren diese Probleme in meine Befragung eingeflossen? „Was passiert mit der Erde, wenn wir nicht genügend Soldaten schicken?"

„Oder Bräute", fügte Rachel hinzu.

„Wir werden uns nehmen, was wir brauchen", antwortete Maxim ohne zu zögern. „Die Erde darf nicht fallen." Er lief einen Moment lang auf und ab, bevor er zu einem Kontrollschirm ging, während ich fragend zu Kjel blickte.

„Wie viele Menschen leben auf der Erde, Lindsey?"

Ich schüttelte den Kopf. „Ich weiß nicht. Acht oder neun Milliarden. So in die Richtung."

Ich sah aus dem Augenwinkel wie Rachel nickte.

„Und sie alle würden in Hive umgewandelt werden", fügte Rachel hinzu. „Besser, wir retten sie jetzt, als sie später zu bekämpfen, nachdem sie integriert worden sind."

Integriert. Das Wort jagte mir einen eiskalten Schauer über den Rücken.

Mein Blick folgte Maxim, der ein Bild auf dem Schirm vor sich aufrief. Ich erstarrte, erkannte die kahlen weißen und grauen Wände, die polierten Böden, das Abzeichen des Interstellaren Bräute-Programms auf der Uniform der Frau, die sich dem Schirm zuwandte. Ich hatte noch nie mit ihr gesprochen, aber ich hatte sie gesehen, als die anderen mich in das Gebäude schleusten, wo ich mich im Frachtschiff versteckte.

„Aufseherin Egara. Einen Gruß von der Kolonie." Maxim verneigte sich leicht, und die Erdenfrau lächelte. Ihr Haar war dunkelbraun und zu einem Knoten hochgesteckt, wie ihn etwa eine Ballerina tragen würde. Dieser Look ließ sie so viel strenger und ernsthafter aussehen, als ihrem Alter entsprach. Sie war recht hübsch und nicht viel älter als ich.

„Maxim. Rachel! Wie geht es euch?"

Rachel lächelte, und es war offensichtlich, dass die zwei Frauen befreundet waren, oder einander zumindest sehr mochten. „Mir geht es wunderbar. Danke."

Die Aufseherin nickte, wandte sich mit voller Aufmerksamkeit an den Gouverneur und kniff die Augen zusammen. „Nicht, dass ich nicht gerne von Ihnen höre, Maxim, aber es sind üblicherweise keine guten Neuigkeiten. Was kann ich für Sie tun?"

„Sie haben recht. Keine guten Neuigkeiten." Maxim drehte sich zu mir um und bedeutete mir mit der Hand, vorzutreten. Widerwillig tat ich das. Ich hatte keine Wahl. „Dieser Frau ist es gelungen, in einem der großen Transportschiffe von der Erde auf die Kolonie zu gelangen. Ich muss wissen, wer ihr geholfen hat, und warum."

Die Augen der Aufseherin wurden groß, dann fiel ihr Blick, der keinen

Unfug zulassen würde, auf mich. „Wer sind Sie, meine Liebe?"

Ich räusperte mich. „Mein Name ist Lindsey Walters. Ich bin Reporterin."

Ich hörte sie nach Luft schnappen. „Reporterin? Für wen?"

„Freiberuflich."

„Ich verstehe." Sie legte den Kopf schief, starrte mich an, aber sprach zu Maxim. „Hat sie eine NPU?"

Maxim griff nach mir, aber Kjel trat zwischen uns, bevor Maxims Hände die Seiten meines Gesichtes berühren konnten. „Fassen Sie sie nicht an."

Die Augen von Aufseherin Egara wurden groß. „Heben Sie Ihre Hand, Lindsey. Ich muss mir ihre Handfläche ansehen."

Ach du Scheiße. Ich wusste ganz genau, was sie wollte, also hob ich die andere Hand, die ohne Mal.

Sie war nicht zum Narren zu halten. „Die andere auch."

Mist. Ich hob die andere Hand, Handfläche zum Schirm gerichtet, und sie lehnte sich wie geschockt zurück.

„Sie Tragen das Mal von Everis."

Okay. Das war mal was Neues. Aber ich wusste, dass es dafür verantwortlich war, dass die Chemie zwischen Kjel und mir so unvermittelt und so scharf war. Ich senkte die Hand und wartete ab, was als nächstes passieren würde. Aber die Aufseherin war effizient und zielstrebig. Sie blickte zu Kjel.

„Jäger, hat sie eine NPU?"

Kjel hob seinen Blick zu ihr. „Sie wissen, was ich bin?"

„Natürlich. Ich habe schon ein Dutzend geprägte Gefährtinnen an den Eckstein auf Everis vermittelt. Ich habe das Mal schon öfter gesehen."

Kjel nickte, akzeptierte ihre Erklärung, während mein Verstand vor Fragen surrte. Geprägte Gefährtinnen? Der Eckstein? Everis? War das Kjels Planet gewesen, bevor...?

„Hat sie eine NPU?“, fragte die Aufseherin erneut.

Kjel hob die Hand und strich über die eigenartige Beule unter meiner Haut, wo diese eiskalte Ärztin mir eine Nadel eingeführt hatte, die mindestens dreimal so groß wie notwendig ausgesehen hatte. „Ja. Hat sie. Aber wenn sie nicht gerade eine Linguistik-Expertin der Koalition ist, war das bereits offensichtlich.“

Die Aufseherin bat uns alle, eine Minute zu warten, und wir sahen zu, wie sie zu einer Ansammlung kleinerer Bildschirme ging, eine Art Computer-Arbeitsplatz. Als sie zurückkam, war ihr Blick alles andere als freundlich. „Der einzige Transport zur Kolonie ging von der Abfertigungsstation in Miami aus.“ Ich hätte schwören können, dass sie mich anfauchte. „Meiner Station.“

Ja. Sie hatte recht. Ich war in diesem Gebäude gewesen, hatte mich direkt an ihr vorbei geschlichen. Ich konnte ihr nicht in die Augen sehen. Ich war sowieso keine gute Lügnerin. Und hier würde ich es nicht einmal versuchen.

„Wer hat Ihnen geholfen?", fragte sie. „Wer hat Ihnen die NPU verpasst? Wer hat Sie an Bord dieses Schiffes gebracht?"

Kjel sprach zu ihr, aber er sah mich an, seine Hand in meinem Nacken als offenes Zeichen seines Besitzanspruches, dem zu widersprechen ich gerade nicht die Kraft hatte. Er war die einzige mir halbwegs freundlich gesonnene Person im Raum. Das Gefühl seiner Hand war beruhigend, und äußerst besitzergreifend. „Sie ist auch in voller Kampfrüstung mit Atemsystem eingetroffen."

Die Aufseherin pfiff. „Sie haben reiche Freunde."

Ich schüttelte den Kopf. „Es sind keine Freunde. Sie wollten nur wirklich dringend diese Story."

„Welche Story?", fragte Aufseherin Egara.

Nun, das war ein Teil der Wahrheit, den ich ihnen verraten konnte. „Man glaubt, dieser Ort ist ein Gefängnis, und dass unsere Soldaten hierher geschickt werden, um so eine Art Alien-Sklave zu sein. Sie haben mich hergeschickt, um rumzuschnüffeln, Videos zu machen und ein Exposé über diesen Gefängnisplaneten und die furchtbaren Kriegsverbrechen zu schreiben, die unsere Truppen hier erleiden."

Der Gouverneur räusperte sich. „Das ist doch lächerlich. Die Erde ist es doch, die ihre eigenen Krieger ablehnt, sobald sie verseucht worden sind. Sie sind hier, weil ihnen nicht mehr gestattet wird, nach Hause zurückzukehren."

"Was?" Ich wirbelte zu ihm herum. „Wovon zum Teufel reden Sie da?"

Rachel rieb sich mit beiden Händen die Schläfen. „Guter Gott. Was für ein Witz." Sie blickte zur Aufseherin hoch. „Wir werden herausfinden, wer sie hierher geschickt hat, und Ihnen diese Informationen zukommen lassen."

„Vielen Dank. Ich werde warten." Die

Aufseherin nickte noch einmal, blickte mich so grimmig an, als hätte ich gerade ihr Hündchen erschlagen, und der Schirm wurde schwarz.

Aber Rachel war noch nicht mit mir fertig. Sie wirbelte auf dem Absatz herum, und ihre Augen blitzten. „Sie haben ja ganz schön Nerven."

„Wer hat uns auf der Erde verraten? Wer hat Sie hierher geschickt?", forderte Maxim.

„Ich bin Reporterin. Es tut mir leid. Ich kann meine Quellen nicht offenbaren." Es war schwach. Lahm. Wenn sie mich foltern wollten, die Wahrheit aus mir heraus prügeln, dann konnten sie es ja versuchen. Mir ging es nur noch darum, zu Wyatt zurückzukommen. Ich hatte genug herausbekommen, um zu wissen, dass die Kolonie auf der Erde eher ein Problem mit Öffentlichkeitsarbeit hatte, als dass hier wirklich finstere Machenschaften vor sich gingen. Zumindest wenn ich glaubte, was um mich herum so geredet wurde. Und das tat ich.

„Also gut. Wenn Sie die Wahrheit über die Kolonie verbreiten wollen, dann gebe ich Ihnen die Wahrheit. Nicht die eklatanten Lügen, die auf der Erde verbreitet werden." Maxim blickte mit einem neuen Ausdruck auf mich hinunter. Ich kannte diese Aliens nicht, und ich konnte seinen Ausdruck nicht gut genug deuten, um zu wissen, was er dachte. Aber er schien nicht wütend zu sein, also war das schon mal gut. „Kjel, geben Sie ihr ein Aufnahmegerät und führen Sie sie auf der Basis herum. Finden Sie die Krieger von der Erde und lassen Sie sie mit ihnen sprechen, ihre Geschichten erfahren. Machen Sie Ihre Videoaufnahmen. Sehen Sie sich um, Frau. Sehen Sie die Wahrheit. Und dann schicken wir Sie nach Hause."

„Wie bitte?", kreischte Rachel, während Kjel protestierte.

„Nein. Sie wird bleiben."

Ich schüttelte inzwischen schon den Kopf, wieder und wieder. Nein. Nein. Nein. Ich konnte nicht hier bleiben. Ich erwiderte Maxims dunklen Blick, da er im Moment die einzige Person mit kühlem Kopf im Raum zu sein schien. „Ich kann nicht bleiben."

Rachel verschränkte die Arme vor der Brust. „Du kannst sie nicht nach Hause lassen, Maxim. Gott alleine weiß, welche Lügen sie der Presse füttern wird. Wir werden nie wieder Gefährtinnen hierher bekommen, wenn es nach ihr geht."

„Das würde ich nicht tun."

Mein Widerspruch fiel auf taube Ohren, als Kjels zornige Stimme den Raum erfüllte. „Sie muss auf der Kolonie bleiben."

Maxim kniff die Augen zusammen, während er Kjels Worte abwägte, aber ich bewegte immer noch den Kopf hin und her, unnachgiebig. „Ich muss zurück zur Erde. Ich werde nicht bleiben." Ich blickte zurück und sah rohen Zorn und offenen Schmerz in Kjels Augen. Der Anblick brach mich beinahe entzwei, aber ich hatte Wyatt. Egal, wie wunderbar, umwerfend und sexy Kjel war, egal, wie intensiv sein Kuss, egal, wie viele erdbebenhafte Orgasmen er mir schenkte...ich musste zurück zu meinem Sohn. „Ich kann hier nicht bleiben."

Maxim sprach. „Sie ist nicht Teil des Interstellaren Bräute-Programms. Sie gehört nicht auf die Kolonie. Sie ist nicht verseucht. Wenn sie nicht wünscht, hier zu bleiben, müssen wir sie nach Hause schicken. Die Protokolle der Koalition verlangen, dass sie sicher auf ihren Heimatplaneten zurückgebracht wird." Maxims Worte waren wie eine Totenglocke im Raum, und er räusperte sich, sichtlich unglücklich. „Diesmal aber über Transport. Haben mich alle verstanden?"

Rachel hob sich die Hand an den Hals, als würde ihr etwas wehtun, und ihre Haut wurde blass, als würde sie gleich in Ohnmacht fallen.

Aber Maxim sprach zu mir, also nickte ich, erleichtert darüber, dass ich keine Gefangene auf diesem fremden Planeten sein würde. „Ja, Sir. Danke."

„Wir werden Ihnen die Einblicke gewähren, für die Sie so weit gereist sind. Damit Sie die Wahrheit sehen können. Sie hören. Sie werden auf die Transportstation in Miami zurückkehren, wo ich mir recht sicher bin, dass Aufseherin Egara Sie sprechen wollen wird."

„In Ordnung." Was soll's. Ich war keine Gefangene hier. Ich würde auch keine Gefangene sein, wenn ich zurück nach Hause kam. Die Aufseherin würde mich nicht davon abhalten können, zu meinem Sohn zu gelangen.

Jetzt war ich an der Reihe, mich zu räuspern und die Tränen zu unterdrücken bei dem Gedanken daran, Kjel zurückzulassen. „Wann kann ich nach Hause?"

Maxim musterte mich noch einen Augenblick lang, während ich jeden und alles andere im Raum ignorierte. „Wie viel Zeit brauchen Sie, um die Informationen für Ihren Bericht zusammen zu tragen?"

Ich hatte keine Ahnung, aber nicht lange. „Einen Tag. Zwei vielleicht."

„Ein Tag. Sie reisen morgen um diese Zeit ab. Wenn Sie nicht hier bleiben wollen, möchte ich Sie so schnell wie möglich von hier weg haben." Sein Blick blitzte zu Kjel, der hinter mir auf und ab lief.

„Ein Tag", wiederholte ich. Das sollte mehr als genug sein. Schon morgen Nachmittag würde ich zurück im Hauptkommandogebäude sein, im Transporterraum, auf dem Weg zurück zu Wyatt.

Und ich würde dafür sorgen, dass ich einen dieser blauen Heilstäbe bei mir hatte, wenn ich ging.

Meine Hand war eine Faust, während ich den Schmerz darüber, Kjel zu verlassen, tief in mir vergrub. Er war so wütend über diese Aussicht. Nein, nicht

Aussicht. Tatsache. Ich verfluchte die Leute, die mich hierher geschickt hatten. Verfluchte Wyatts Ärzte und ihre teuren Operationen. Ich hatte mit angesehen, wie dieser blaue Stab Schlimmeres geheilt hatte als die gebrochenen Wachstumsfugen in Wyatts Beinknochen. Bestimmt würde einer dieser Stäbe in der Lage sein, ihn zu heilen, ihn wieder laufen und spielen zu lassen. Ihm sein Lachen zurückzugeben. So weit gekommen zu sein, zu wissen, dass diese Technologie existierte, und sie dann zurückzulassen? Keine Chance. Ich würde einen finden und mit mir schmuggeln.

Wyatt würde geheilt werden, aber ich würde gebrochen sein. Zumindest mein Herz. Ein Tag war alles, was mir mit Kjel noch blieb.

Als hätte er meine Gedanken gelesen, stellte er sich hinter mich und legte seine Hände auf meine Schultern. Ich spürte den Besitzanspruch in seiner schweren Berührung, die Hitze. „Nein. Sie ist meine geprägte Gefährtin, Maxim. Wir müssen bei Primus Nial um eine Ausnahme ansuchen."

Maxims gesamtes Gehabe änderte sich, und sein Blick schoss zu Kjel, seine Aufmerksamkeit über meinen Kopf gerichtet. „Sind Sie sich sicher? Es gibt keinen Spielraum für Fehler. Nicht in dieser Angelegenheit."

„Sie gehört mir." Kjels Stimme hatte einen leisen, bedrohlichen Tonfall angenommen, der mein Herz rasen und meine Pussy feucht werden ließ. „Ich bin mir ausgesprochen sicher. Wir teilen schon seit ihrer Ankunft Träume."

Träume teilen. Also war ich doch nicht verrückt geworden? Dieser Traum, den ich gehabt hatte, als ich im Frachtcontainer geschlafen hatte, war *echt* gewesen? Das gab es?

„Sie gehört mir", wiederholte er, und der Gouverneur nickte anerkennend.

Gott, ja, ich gehörte ihm, aber das war egal. Ich konnte nicht bleiben. „Ich muss nach Hause", wiederholte ich. Nichts hatte sich geändert. Verdammt gar nichts.

„Ich werde Primus Nial umgehend kontaktieren." Der Gouverneur ignorierte mich und sprach mit Kjel, als spielte meine Entscheidung plötzlich keine Rolle mehr. In Ordnung, also war ich seine geprägte Gefährtin, aber das hieß nicht, dass ich ihn Wyatt vorziehen würde.

„Vielen Dank, Maxim."

„Wie bitte? Nein! Das ist doch Unsinn, Maxim—" Rachels Protest verstummte, und mir schwirrte der Schädel.

Was zum Teufel war gerade passiert? Im ersten Moment war alles in die Wege geleitet worden, dass ich eine Führung durch die Basis und einen schnellen Transport nach Hause bekam. Und jetzt? „Wer ist Primus Nial?", fragte ich.

Kjels Hand glitt an meinem Rücken und schob mich zur Tür raus, während Rachel noch weiter protestierte. Es schien, als wäre sie nicht ganz so gewillt wie ihr Gefährte, nett zu mir zu sein. Aus irgendeinem Grund war sie wie eine Bärin, die ihre Jungen verteidigte—Alien-Jungen allerdings—wenn ihnen jemand zu nahe kam. Sie wollte diese großen, stämmigen Männer vor Leuten wie mir beschützen. Wenn das nicht so notwendig wäre, wäre es komisch.

Während sie im Schutzmodus war, grübelte der Gouverneur über die politischen Auswirkungen nach. Er musste die Erde dazu bringen, mit der Kolonie zusammenzuarbeiten und diesen Ort ... positiv darzustellen. Er hoffte, dass ich die Krieger kennenlernen würde, sie interviewen und etwas schreiben, das die Kolonie gut aussehen ließ, und auch die Koalitionsflotte.

Öffentlichkeitsarbeit war schwer genug, wenn man versuchte, einen Krieg zu verkaufen. Vor allem einem ganzen Planeten von Leuten, der Lichtjahre entfernt war.

Zumindest war es so gelaufen...bis Kjel den Höhlenmenschen raushängen ließ. „Wer ist Primus Nial?", fragte ich noch einmal, mit schärferem Tonfall.

Kjel hielt mich im Korridor vor dem Besprechungsraum auf und drückte mich gegen die Wand. Bevor ich protestieren konnte, war sein Mund auf meinem. Heiß. Heftig. Fordernd.

Ich hatte keine Chance, ihm zu widerstehen, und öffnete mich ihm, ließ seine Zunge in meinen Mund eintauchen. Er stöhnte, senkte die Hände an meine Hüften und presste seinen harten Schaft gegen mich. Ich dachte an seinen nackten Körper, als er seine Lippen wieder von meinen nahm und seine Nase in meinem Haar vergrub, meinen Duft in seine Lungen sog. „Primus Nial ist der Herrscher von Prillon Prime, der Anführer des prillonischen Volkes und der Kommandant der gesamten Koalitionsflotte."

Du liebe Scheiße. Und den Typen

riefen sie an? Meinetwegen? „Warum kontaktiert ihr ihn? Warum sollte er sich um mich scheren? Ich bin nur eine Erdenfrau."

Kjel schmiegte seine Nase an meinen Hals, genau unter meinem Ohr, und ich schmolz ihm entgegen. Gott, er war so verdammt unwiderstehlich. Das Mal auf meiner Hand stand in Flammen, so heiß, dass ich die widerspenstige Hautstelle über meinen Schenkel rieb, um das Brennen zu stoppen. „Weil du mir gehörst. Rachel ist von der Erde hier, weil sie über das Interstellare Bräute-Programm zugewiesen worden ist. Kristin auch. Aber du bist über...weniger legale Kanäle gekommen. Mir ist das egal, mir ist nur wichtig, dass du hier bist und jetzt mir gehörst."

Ich seufzte, und ich wusste, dass das jämmerlich und traurig klang. „Ich kann hier nicht bleiben, Kjel."

Er knurrte leise, und seine Hände legten sich an meinen Hintern. „Das kannst du wohl, Gefährtin. Du gehörst mir, und ich lasse dich nicht gehen. Der Primus wird auf der Erde ein Ansuchen um eine Ausnahme stellen."

„Eine Ausnahme?"

Seine Lippen brannten heiß an meinem Hals. „Er legt die Regeln fest. Er kann sie ändern. Niemand kann anfechten, dass wir Gefährten sind und zueinander gehören. Das steht über allen Gesetzen, allen Regeln von allen Planeten."

Ach du Scheiße. Er wollte sagen, nur weil ich das Mal auf meiner Hand hatte, weil wir Träume teilten, weil ich ihn mit einer Besessenheit begehrte, die mein Herz wild pochen ließ, dass deswegen Regeln gebogen und gebrochen werden würden, nur damit ich bei ihm bleiben konnte. Das konnte ich nicht zulassen. Ich musste nach Hause. „Ich bin nicht deine Gefährtin."

„Das bist du." Er schob mich an der Wand hoch, bis mein Kitzler über der harten, dicken Beule seines Schwanzes in der Uniform positioniert war. Mein überraschtes Einatmen wurde zu einem hungrigen Stöhnen, als meine Pussy von heißer Nässe geflutet wurde und meine Brüste schwer wurden. Ich lehnte meine Stirn an seine Schulter, klammerte mich an ihn mit einer Verzweiflung, die ich von mir gar nicht kannte. Warum? Warum musste ich so auf ihn reagieren? Warum konnte ich nicht auf einen Erdenmann so abfahren? Es musste doch auf dem ganzen Planeten zumindest einen Kerl geben, der solche Gefühle in mir weckte.

„Was, wenn ich Nein sage? Ich habe gelesen, dass Interstellare Bräute dreißig Tage Zeit haben, sich zu entscheiden. Bekomme ich keine dreißig Tage? Wird dieser Primus-Typ nicht sagen, dass ich auch dreißig Tage habe?"

„Ja, Gefährtin. Wahrscheinlich schon." Kjel hörte auf, sich zu bewegen. Sein Rücken wurde starr, er setzte mich wieder auf die Füße und trat zurück. Sein Blick war dunkel und nachdenklich, verletzt. Aber ich konnte mich davon nicht beeinflussen lassen.

Da Wyatts Zukunft auf dem Spiel stand, wagte ich es nicht, irgendetwas anderes zu tun als genau das, was ich vereinbart hatte. Ich würde mit der Wahrheit zur Erde zurückkehren. Ich würde den Leuten, die mich angeheuert hatten, Rohdaten übergeben, Interviews und Videos. Wie sie beschlossen, das in eine Geschichte zu drehen, blieb ihnen überlassen. Wenn sie Fotos von furchterregenden Aliens auf einem Gefängnisplaneten wollten, dann würde ich ihnen das liefern.

Niemand würde meinem Kind etwas tun. Niemand.

„Wollen wir mit der Tour beginnen?", fragte ich.

Kjel blickte mich finster an, ging dann aber schweigend voraus.

Kjel

Meine Gefährtin hatte beschlossen, dass der beste Weg zur Wahrheit der war, Interviews mit den Kriegern zu führen, die auf der Kolonie lebten. Informationen von jenen einzusammeln, die hier lebten. Es schien vernünftig, aber es war mir egal. Mir war egal, ob ein Planet am anderen Ende der Galaxis die Wahrheit über uns erfuhr. Ich hatte keine Meinung dazu, denn das einzige, was mir wichtig war, war es, sie bei mir zu behalten. Es war meine Aufgabe als ihr Gefährte, sie glücklich zu machen. Nicht mehr als das. Maxim und Primus Nial konnten sich mit der Erde herumschlagen.

Maxim hatte zugestimmt, den Primus zu ersuchen, eine Ausnahmegenehmigung für Lindsey zu erteilen. Den Göttern sei Dank, denn ich konnte sie nicht aufgeben. Jeder Instinkt, jede Zelle in meinem Körper war ganz und gar ihr verschrieben. Auch nur der Gedanke daran, von ihr in weniger als einem Tag getrennt zu sein, machte mich rasend.

„Stellen wir die Kamera und das Mikrofon hier auf." Lindsey deutete auf das Ende eines Esstisches im Hauptspeisesaal. Obwohl jedes persönliche Quartier eine Speiseecke hatte, wurde empfohlen —und auch befolgt—dass alle zusammen aßen. Da wir alle aus der Gefangenschaft beim Hive kamen, war es für jeden von uns wichtig, Anschluss zu finden, neue

Bindungen zu knüpfen, eine neue Familie auf gewisse Weise.

Der Raum war hell erleuchtet von den zwei Sonnen, die durch die Fensterwand hereinschienen. Es war ein einladender Ort, dazu geschaffen, Leute zusammenzubringen und ihnen ihre neue Welt durch das Glas in all ihrer schroffen Schönheit zu zeigen.

Ich hatte es nicht so schwer wie manche andere, mich einzugewöhnen. Aber ich verstand auch das Versprechen davon, wie Familie und Gemeinschaft funktionierte. Jäger von Everis waren nicht deswegen die besten Spürhunde, weil wir kein Verständnis dafür hatten, wie Leute funktionierten, wie sie dachten und fühlten, was sie wollten.

Nein, wir waren gerade deswegen die Besten, weil wir das verstanden und genau dieses ausgesprochen emotionale Bedürfnis nach Verbindung und Anerkennung gut einzusetzen vermochten. Selbst jetzt hielten sich eine Handvoll

Krieger in dem großen Saal auf, offensichtlich gerade nicht im Dienst, und spielten ein Glücksspiel mit Karten und nummerierten Steinen. Zwei waren Prillon-Krieger, die ich kannte, Captains Marz und Trax. Ein Atlane saß ihnen gegenüber, Kampflord Rezzer, bei dem ich mein Leben lang dafür in der Schuld stand, dass er meine Gefährtin in der Arena beschützt hatte, bis ich zu ihr gelangen konnte. Den anderen Kriegern in nichts nachstehend, und die letzte Spielerin, war eine weitere Menschenfrau. Kristin. Sie war klein, aber in jeder anderen Hinsicht das Gegenteil meiner Gefährtin.

Lindsey hatte langes, goldenes Haar, Kristins hatte eine ähnliche Farbe, war aber kurz, kürzer noch als Rezzers. Kristin war üppig gebaut, mit großen Brüsten und vollen Lippen. Lindsey war schlank, mit kleinen Brüsten, einem muskulösen Bauch und einem so perfekt geschwungenen Hinterteil, dass ich meine Hände nicht von ihr lassen konnte. Wie Lindsey war auch Kristin von der Erde. Anders als Lindsey hatte sie sich zum Bräuteprogramm gemeldet und war nach ihrer Ankunft freudig Tyran und Hunts Gefährtin geworden. Sie würde nicht nach Hause zurückkehren. *Hier* war nun ihr Zuhause.

Die Gruppe, die hier saß und auf uns wartete, waren meine Freunde. Mein Ermittlungsteam. Die Truppe, mit der ich täglich daran arbeitete, Krael zu finden. Meine Mit-Jäger, zumindest soweit ich auf einem Planeten, auf dem ich der Einzige meiner Art war, welche finden würde.

Ich war der Einzige hier von Everis. Der Einzige mit einem eigenartigen Mal auf der Handfläche, das pulsierend zum Leben erwacht war und mich antrieb, Lindsey in Besitz zu nehmen und mit jeder Faser meines Seins darum zu kämpfen, sie hierzubehalten.

Isolation. Einsamkeit. Die Dunkelheit

einer wahren Trennung war mir nicht fremd. Ich war schon so lange Zeit so alleine. Seit dem Zeitpunkt, an dem ich mich der Jäger-Eliteeinheit angeschlossen hatte, über meine Gefangenschaft und Folter beim Hive. Und schließlich hier. Auf der Kolonie. Einem Gefängnis ohne Gitterstäbe. Ein lebenslanges Todesurteil, besonders, wenn Lindsey zur Erde zurückkehrte.

Ohne mich.

Ich hatte die Testprotokolle des Interstellaren Bräute-Programms abgelehnt, da ich nicht hoffen wollte. Nicht wagte, zu hoffen.

Aber das Schicksal hatte mir meine geprägte Gefährtin direkt in den Schoß geworfen. Ich wusste, dass sie von mir weg wollte, das hatte sie sehr deutlich gemacht. Warum, das musste ich erst herausfinden. Aber es lag nicht daran, dass meine Berührung ihren Körper kalt ließ. Ich sah Begehren in ihren Augen, wenn sie mich ansah. Spürte ihre Lust, wenn sie auf meinem Schwanz kam. Aber mit dem Begehren kam auch Bedauern. Nicht um unsere Verbindung, sondern etwas anderes. Etwas, das ich erst herausfinden musste.

Meine Gefährtin hatte Geheimnisse, aber wenn sie dachte, dass sie fortgehen und diese Geheimnisse vor mir verbergen konnte, dann irrte sie sich gewaltig.

Ich war ein Elite-Jäger. In diesem Universum gab es keinen Ort, an dem ich sie nicht finden würde. Ihr Duft war nun Teil meiner Zellen. Der Klang ihrer Stimme war der Grund dafür, dass mein Herz schlug. Ich konnte sie nicht verlieren.

Ich wollte sie mir wieder über die Schulter werfen und sie in mein Quartier davontragen, sie mit mir einsperren und niemals gehen lassen. Aber das würde mir nicht die Antworten liefern, die ich brauchte. Sie wollte es mir nicht sagen, also würde ich meine Jagdinstinkte einsetzen müssen und die Wahrheit anderweitig aufspüren.

Ich setzte die Aufnahmegeräte am Rand eines Tisches ab und ging zum nahen Tisch, wo meine Freunde ihr Spiel spielten.

Ihnen war sichtlich todlangweilig, und sie warteten auf mich, während ich meine Pflichten unserem Volk gegenüber vernachlässigte, damit ich Begleiter für eine Frau spielen konnte, die es nicht erwarten konnte, mich zu verlassen.

„Kjel?" Bei Lindseys Stimme drehte ich mich herum.

„Ja, Gefährtin?"

„Hör auf, mich so zu nennen." Ihre Hände waren in die Hüften gestemmt, ihr Kopf schief gelegt, während sie mich rügte. Es war entzückend. Perfekt. So typisch Lindsey, dass ich lächeln musste. Ja, das Bedürfnis, sie davonzutragen, war stark.

„Niemals."

Sie blies sich die Stirnfransen aus den

Augen und seufzte. „In Ordnung. Egal. Ich habe hier alles eingerichtet. Bist du sicher, dass sie kommen werden?"

Ich nickte und drehte mich zu Kristin herum, die mit gekreuzten Beinen auf dem Tisch saß. Sie war zu klein, um in den Stühlen zu sitzen, und sie hasste es, so viel kleiner zu sein als alle anderen. „Kristin? Wie viele Erdenmenschen sind auf Basis 3?"

Sie warf eine Karte in die Mitte des Tisches und blickte zu mir hoch. „Fünf seit Brooks."

Hinter mir seufzte Lindsey. „Nur fünf? Ernsthaft? Das ist alles?"

Kristins Blick fiel auf meine Gefährtin, und der Ausdruck in ihren Augen war weder freundlich noch feindselig. Unverbindlich. Sorgfältig unverbindlich. „Es waren sechs, bevor Brooks starb. Acht, wenn man mich und Rachel dazuzählt."

Kristin stand auf und kam an Lindsey heran, bis sie meiner Gefährtin von Angesicht zu Angesicht gegenüber stand. „Wo kommst du her?"

„Pittsburgh. Du?"

„Ich bin in San Diego geboren, aber ich war ein Militärkind. Wir sind alle zwei Jahre umgezogen."

„Das tut mir leid."

Kristin zuckte die Schultern. „Mir nicht."

„Wo sind deine Eltern jetzt?"

Kristin zuckte die Schultern etwas unmerklicher. „Tot."

Lindsey erstarrte. Ihre Hand hielt auf halber Höhe vor der Kamera, die sie gerade für ihre Interviews positionierte. „Es tut mir so leid."

„So ist das Leben. Lindsey, richtig?"

Meine Gefährtin nickte.

„Wir haben schon von dir gehört. Alle haben schon von dir gehört. Wir müssen weitermachen. Leute zurücklassen. Uns anpassen." Die Worte waren simpel und genau das, was meine Gefährtin zu hören brauchte. Ein geprägter Gefährte zu sein, war auch für mich neu, aber ich würde mich daran gewöhnen. Im Gegensatz zu Lindsey wollte ich das. Ich wollte mir ein Leben mit ihr aufbauen.

Lindseys Reaktion war alles andere als...anpassungsfähig. Sie wurde starr, und ihr einladendes Lächeln verwandelte sich in etwas Hartes, Sprödes.

„Und das hast du getan? Dich angepasst?"

Kristin legte den Kopf seltsam schief, ihre Augen waren dunkler, ernsthafter als ich sie je gesehen hatte. Wir kannten einander erst ein paar Monate, beide neu auf dem Planeten, aber wir standen uns nahe. Die Nähe war notwendig für unsere Zusammenarbeit. Aber nicht so nahe wie Lindsey und ich. Nicht nahe wie Kristin und ihre Prillonen-Gefährten.

Lindsey schien wie hypnotisiert, während Kristin sprach. „Wahre Liebe ist ein seltenes Geschenk, und ich fand sie hier." Ihr Blick blitzte zu mir, dann zurück zu meiner Gefährtin. „Das könntest du auch."

Sie schüttelte den Kopf, einmal und mit Nachdruck. „Nein."

„Warum nicht?"

„Ich muss nach Hause zurück." Lindsey hielt ihre Hände beschäftigt, rückte den bereits perfekt positionierten Stuhl zurecht, die Kamera, überprüfte das Licht.

„Warum?" Kristin sprach leiser. „Warum? Was ist so wichtig, dass du zurück musst? Bist du verheiratet oder so?"

Ich hörte genau hin, schärfte alle meine Sinne, um Lindseys Antwort zu hören. Kristin stellte die Fragen, die ich meiner Gefährtin so gerne stellen wollte, aber ich wusste, dass sie zumachen würde, mich außen vor lassen.

„Gott, nein." Lindseys sofortige Verneinung beruhigte meine Rage darüber, auch nur die Andeutung dessen zu hören, dass sie einem anderen gehören könnte. Aber sie wollte mich nicht ansehen, auch Kristin nicht.

Und den Göttern sei gedankt für Kristin Webster von der Erde. Ich erkannte nun, was sie gerade tat. Sie war auf der Erde eine Ermittlerin gewesen, Mitglied einer Organisation, die Kriminelle jagte, so wie ich. Sie war sehr, sehr gut darin, Fragen zu stellen, nach Antworten zu graben, nach der Wahrheit.

Ich verhielt mich still und leise, damit sie weitermachen konnte.

Lindsey wischte sich Tränen von den Wangen, und alles in mir geriet in höchste Alarmbereitschaft. *Was zum Teufel war mit meiner Gefährtin los?*

Ein Teil von mir wollte Kristin dafür wehtun, dass sie meiner Gefährtin auch nur den geringsten Anflug von Traurigkeit bereitet hatte, aber ich unterdrückte es. Es war nicht Kristin, die sie verletzte, sondern was auch immer auf der Erde war, das sie dort hielt. Sie zurückhielt.

Fasziniert sah ich zu, wie die beiden

Frauen miteinander interagierten. Etwas Seltsames ging hier vor, aber ich verstand die Nuancen menschlicher Kommunikation nicht gut genug, um ihre Unterhaltung zu entziffern.

Lindsey hatte anscheinend beschlossen, dass das reichte und sie nicht mehr preisgeben würde. Sie ignorierte Kristin und wandte sich an mich, ihre Augen heller als sonst, ihr Lächeln zu breit, um echt zu sein. „In Ordnung. Wo sind die fünf Menschensoldaten? Ich bin soweit."

Kristins Blick traf meinen mit einem halben Lächeln, und ich nickte ihr zum Dank zu. Sie hatte versucht, Lindseys abweisende Haltung zu durchdringen, und ich schätzte die Bemühung. Aber wenn jemand einen Einblick in ihre Seele erhalten würde, dann würde das ich sein.

Kristin rief Rezzer zu, sie hereinzubringen—Maxim hatte sich mit seinen Befehlen ins Zeug gelegt, um die Interviews zu organisieren—und der riesige Atlane ging zu einem kleineren Zimmer und öffnete die Tür. Die fünf Menschenkrieger, die auf Basis 3 lebten, kamen in den Speisesaal und nahmen meiner Gefährtin gegenüber am Tisch Platz. Ihre seltsame Ansammlung an Hive-Implantaten und Hautmodifikationen, eingepflanzten Geräten und silberner Haut in voller Pracht präsentiert.

Wir alle trugen die gleiche Kampfrüstung. Es war zwar nicht vorgeschrieben —nur von Krael drohte uns hier Gefahr —aber es war anscheinend so, dass wir uns alle in der Koalitionskleidung wohler fühlten. Es wurde nicht ausgesprochen, aber vielleicht standen wir alle in Bereitschaft dafür, dass uns erneut etwas geschah.

Lindsey stellte sich vor, mit vorsichtigem und doch ruhigem Händedruck. Es war nicht Brauch auf Everis, aber da jeder Mann den Händedruck mit Lindsey austauschte und Kristin sich nicht dazu äußerte, war es wohl eine vertraute Geste.

Aber nicht zu vertraut. Keiner von ihnen blickte Lindsey auch nur mit einem Hauch von Feuer an. Sie hatten null sexuelles Interesse an ihr. Neugierde vielleicht, über die Erdenfrau, die außerhalb des Protokolls hierher gelangt war.

Ich sah zu, wie meine Gefährtin mit ihren Fragen begann. Sie wollte alles über jeden Krieger wissen. Wo er geboren wurde. Wo er zur Schule gegangen war. Warum er sich zur Koalitionsflotte gemeldet hatte, und wie er am Ende hier gelandet war. In der Hölle.

Mein Stolz schwoll an, als sie die Männer dazu brachte, über Schrecken zu sprechen, die niemand freiwillig noch einmal durchleben will. Wo Kristin gekonnt darin war, Leute einzuschüchtern, bis sie ihre Fragen beantworteten, war Lindsey eine Meisterin darin, ihnen ihre Geheimnisse zu entlocken. Sie erzählten ihr alles, brachen in Tränen aus, beschrieben ihre Gefangennahme und Folter im Detail, während sie sie mit diesen großen, mitfühlenden Augen ansah.

Sie berührte sie sanft. Eine Hand auf ein Handgelenk oder eine Schulter. Sie berührte sie, hielt ihre Hand, tröstete sie...und ich ließ es zu, denn ich konnte in ihnen das Gleiche sehen, was auch ich fühlte, wenn sie mich berührte.

Frieden. Akzeptanz. Hoffnung, wo keine gewesen war.

Als sie fertig war, gingen sie in einer schweigenden Reihe hinaus, ruhiger als sie es zuvor gewesen waren. Vielleicht erleichtert, sogar froh darüber, dass ihre Geschichten bekannt werden würden. Lag es daran, dass sie ein Mensch war, dass sie das mit ihr geteilt hatten und dass sie es verstanden hatte? Die Geschichten waren alle unterschiedlich, aber die Basis war gleich. Sie waren von der Erde gekommen, hatten gekämpft und gerieten in Gefangenschaft. Wurden gefoltert. Entkamen. Wurden hierher gebracht, um den Rest ihres Lebens mit jeder Form von Komfort und Trost zu verbringen, die sie noch finden konnten.

Dass sie von der Erde waren, machte hierbei keinen Unterschied. Nein, meine Story war ähnlich, beinahe identisch. Das galt wohl auch für die Prillonen und Atlanen. Reichte ihr aus, was sie von ihnen gehört hatte? Würden die Geschichten dieser Männer das sein, was sie für jene auf der Erde benötigte? Würde es ausreichen, wenn sie das alles schickte, ohne selbst zu gehen?

War die Story der *Grund* dafür, dass sie darauf bestand, nach Hause zurückzukehren? Nein, ihr Zuhause war nicht länger die Erde. Ihr Zuhause war bei mir. Ich lief auf und ab, atmete tief.

Rezzer stapfte herüber und setzte sich in ihren Interview-Stuhl, unterzog sich den gleichen Fragen.

„Was machst du hier, Rezz?", fragte ich verwirrt. Er war nicht von der Erde. Weit davon entfernt.

Er blickte von mir zu meiner Gefährtin und rieb sich mit der riesigen Hand über den Kopf. „Ich erzähle die Wahrheit. Die müssen erfahren, was da draußen ist. Wir brauchen Krieger, um zu kämpfen. Wir brauchen Bräute, um zu heilen. Die Erde muss ihren Beitrag leisten."

Rezz und Lindsey kamen ins Gespräch, indem sie ihn über seinen Heimatplaneten Atlan befragte. Er wechselte für sie in einen teilweisen Biest-Modus, um ihr zu zeigen, was er war. Zeigte ihr seine Wahrheit.

Meine Gefährtin war wie ein Magnet für Wahrheiten. Niemand schien imstande zu sein, ihrer Verlockung zu widerstehen, der sanften Sicherheit und dem Verständnis, das in ihren grünen Augen lag.

Rezz war der letzte, und Lindseys Schultern sackten zusammen, als sie mit ihrer letzten Frage an ihn fertig war. Die Sonnen waren untergegangen, und der Raum hatte seinen warmen Schein verloren. Die Innenbeleuchtung war grell und übermäßig hell. Sie begegnete meinem Blick nicht, und ich konnte spüren, dass sie aufgebracht war. Emotional zerrissen. Sie zerrte ziellos an einem Teil der Ausrüstung, um alles abzubauen, mit ungeschickten Fingern. Ineffizient.

Ich kam zu ihr und legte meine Hand auf ihre. „Lass mich das für dich machen, Gefährtin."

„Nenn." Zerr. „Mich." Zerr. „Nicht." Zerr. „So!" Sie riss das Kamerateil aus der Halterung, es flog nach hinten und riss sie mit sich um. Ich fing sie auf, bevor sie hinfallen konnte, und zog sie an meine Brust. Tränen liefen ihr übers Gesicht, und ich winkte Kristin, Rezz und die anderen mit einer knappen Geste hinaus. Sie reagierten rasch und leise, und setzten sich an einen Tisch am anderen Ende des Raumes. Sie hatte ihre Gefühle respektiert, nun respektierten sie ihre.

„Schhh. Ich hab dich." Ich bot ihr Trost an, aber sie wollte ihn nicht. Ich wollte sie festhalten, während sie sich wieder fing.

„Ich hatte keine Ahnung. Ich wusste nicht, wie es hier draußen ist." Sie schluchzte. Die vielen Stunden des Schmerzes, den sie gerade mit den verwundeten Kriegern geteilt hatte, setzten ihr sichtlich zu. Sie weinte an meiner Brust, schlang die Arme um mich und klammerte sich an mich, als würde sie mich brauchen.

Ich hielt sie fest und ließ sie weinen, lehnte meine Wange an ihr seidiges Haar. Es war mir eine Ehre, ein großes Privileg, ihr zu gehören, ihr Trost und Schutz zu sein. Ihr weiches Herz und ihre sichtliche Fürsorge für meine Waffenbrüder sorgten dafür, dass ich mich nur noch mehr in sie verliebte. Sie war Güte und Licht, Hoffnung und Heilung. Sie konnte die Unberührbaren berühren. Hielt ihre Hand. Bot ihnen Trost, wo es auf diesem von den Göttern verlassenen Planeten kaum mehr welchen zu finden gab. Sie konnte ihre Probleme nicht lösen, aber sie konnte ihnen zuhören, ihnen Respekt zeigen.

„Ich hätte diesen dämlichen Auftrag nie annehmen sollen." Ihr Flüstern war leise, aber vehement.

Diesen Auftrag nie annehmen? Was zur Hölle sollte das heißen? Sie wollte nicht hier sein? Sie wollte nie auf die Kolonie reisen. Mich kennenlernen. Bei mir sein.

„Warum hast du es dann getan?", fragte ich.

„Ich—" Sie entzog sich mir, wischte sich mit steifen Fingern übers Gesicht. „Egal. Ich habe Kopfschmerzen."

Wenn es ihr nicht gut ging, dann würde ich mich um sie kümmern. Es war ein kleiner Beweis dafür, wie sehr ich sie verehrte. „Dann bringe ich dich auf die Krankenstation."

„Ach. Nein." Sie versuchte, mich wegzustoßen, aber ich weigerte mich, sie aus meinen Armen zu lassen. „Ich meinte nicht—"

„Ich bestehe darauf." Wenn meine Gefährtin Schmerzen hatte, würde der Arzt sie heilen. Ich hob die Hand und winkte mein Team wieder herbei. Sie standen gesammelt auf und kamen schweigend herüber. „Ich muss Lindsey auf die Krankenstation bringen. Bitte kümmert euch darum, dass diese Geräte hier für Lindsey auf mein Quartier gebracht werden."

„Klare Sache, Boss", sagte Kristin.

„Wann gehen wir wieder auf die Jagd?", fragte Rezzer, die Hände in den Hüften. „Die Sensoren in den Tiefhöhlen haben im Sektor Fünf zweimal in den letzten sechs Stunden Bewegung aufgezeichnet."

Das war mir neu, und es war eine Information, die rasches Handeln erforderte. Seit wir die Hive-Eindringlinge auf der Kolonie entdeckt hatten und der Verräter Krael uns die Leben von einem halben Dutzend Kriegern gekostet hatte, darunter Captain Brooks von der Erde,

hatten wir zusätzliche Sensoren ange-
bracht, besonders in den meilenweiten
natürlichen Höhlensystemen, die unter
der Basis verliefen. Jede Spur musste ver-
folgt werden, selbst wenn meine Gefährtin nun bei mir war.

Wir konnten es uns nicht leisten,
noch mehr Männer an den Hive zu verlieren. Jeder Tod brachte die Moral auf
der Basis herunter. Unsere Leben waren
schon trist genug, ohne dass eine dro-
hende weitere Gefangennahme durch
den Hive dazukam.

Rezz zog eine Augenbraue hoch, und
ich wusste, dass er recht hatte. Es konnte
nicht warten. Wenn es sich als Hive-Ak-
tivität herausstellte, würden wir den gesamten Planeten in Gefahr bringen,
wenn wir zögerten. Und dennoch hatte
ich meine geprägte Gefährtin gerade erst
gefunden und wünschte mir, sie nicht
verlassen zu müssen. Ich blickte zu
Lindsey.

„Was ist los?“, fragte sie.

„Wir haben einen Verräter unter uns. Der Mann, der Captain Brooks getötet hat. Und andere."

„Und ihr habt eine Spur?"

Ich nickte knapp. Aus dem Augenwinkel sah ich auch Rezz nicken.

„Dann solltet ihr gehen", sagte sie. „Ich verstehe es."

Ich war noch nie zuvor so zerrissen gewesen. Mein instinktiver Drang zur Jagd war stark. Kraftvoll. Er trieb mich schon mein Leben lang mit völligem Fokus an. Aber jetzt war mein Drang, bei Lindsey zu sein, noch größer. „Ich kann dich nicht so zurücklassen."

„Das kannst du", sagte sie. „Das musst du. Für Captain Brooks und die anderen. Du musst für Gerechtigkeit sorgen."

Sie hatte Verständnis, aber das machte es nicht einfacher.

„Wirklich", fügte sie hinzu und legte mir ihre kleine Hand auf den Arm. Ihre blassen Augen hielten meinem Blick stand, und ich sah kein Wanken darin. „Ich komme zurecht.“

„Ich bringe dich auf die Krankenstation“, sagte ich auf der Suche nach einem Kompromiss. „Ich sorge dafür, dass du in guten Händen bist, und dann gehe ich.“

„In Ordnung.“ Ich blickte zu meinem Team, und sie stimmten zu. Außer Kristin, die äußerst enthusiastisch reagierte.

„Na endlich!“ Sie verbeugte sich vor Lindsey und mir. Eine Entschuldigung für ihren Ausbruch. „Tut mir leid, ich hatte nur schon langsam Lagerkoller. Tyran und Hunt scheinen der Meinung zu sein, dass ich weniger Zeit bei der Arbeit und mehr Zeit im Bett verbringen sollte.“

Ja, ich konnte das Interesse ihrer Prillonen nachvollziehen, ihre Gefährtin im Bett und bei sich zu behalten. Mit Lindsey wünschte ich mir nichts anderes.

Rezz lachte, ein tiefes, rollendes Lachen, das meine Gefährtin lächeln ließ.

„Komm, Gefährtin. Ich kümmere mich darum, dass es dir gut geht."

„Und dann gehst du den Bösewicht jagen."

Ich blickte zu ihr hinunter und bedachte den Erdenbegriff. *Den Bösewicht.*

„Ja, wir werden den Bösewicht fangen, und dann komme ich zu dir zurück." Ich lehnte mich nahe an sie und flüsterte ihr ins Ohr. „Und dann bringe ich dich dazu, meinen Namen zu schreien."

Lindsey

„Was ist das?", fragte ich, und meine Augen verfolgten den blauen Stab, den Rachel vor meinem Gesicht herumschwenkte. Die Kopfschmerzen, die ich von all den Geschichten der Männer bekommen hatte, all den Schrecken, die sie in der Gewalt des Hive durchlebt hatten, pochten mir in den Schläfen.

Ich saß auf einem Untersuchungstisch im Krankenflügel der Basis 3. Kjel hatte mich widerwillig zurückgelassen, aber Rachel selbst hatte ihm versichert, dass sie sich um mich kümmern und mich sicher in sein Quartier zurückbringen lassen würde. Erst dann gab er mir einen Kuss und ging.

Schon nach wenigen Sekunden, die das blaue Licht hin und her wanderte, löste sich der Druck hinter meinem linken Auge, und der dumpfe Schmerz fing an, zu verblassen.

Die Erdenfrau umsorgte mich mit einer Skepsis, die mir bekannt war. In ihrer grünen Krankenuniform, ihr braunes Haar zu einem Pferdeschwanz zusammengebunden, war sie ganz der Profi, unpersönlich. Ich hatte ihren Planeten missachtet, die Sicherheit ihrer Gefährten und der anderen. Sie hatte zwar keine Kinder, aber sie hatte einen

Beschützerinstinkt für alle anderen. Sie war die Gefährtin des Gouverneurs und sah eine ihrer Aufgaben als Hüterin. Ich war dahergekommen und hatte mögliches Leid für ihr Volk mitgebracht, auf eine Art, auf die sie nicht gefasst war. Und von einem Ort, den sie ebenfalls als zu ihr gehörend betrachtete. Die Erde würde die Kolonie in Schwierigkeiten bringen, und es war meine Schuld. Oder zumindest war ich eine greifbare Erinnerung daran, was passieren könnte, wenn die Lügen weitergingen.

Trotzdem, sie war Biochemikerin. Und scheinbar besonders klug. Sie war gebildeter, als ich je sein würde. Um viele Jahre mehr. Sie war pragmatisch, aber sie war auch vernünftig. Ich bezweifelte nicht, dass ich nicht gerade ihre liebste Person war, aber sie warf mich auch nicht raus. Aber das lag daran, dass ich Kjels Gefährtin war, und nicht daran, dass ich von der Erde war. Ihre Loyalität gehörte nun der Kolonie.

Sie hielt den Stab ruhig und streckte ihn mir hin. „Es ist ein ReGen-Stab. Es gibt eine hochgestochene, wissenschaftliche Erklärung für das, was er tut, aber kurz gesagt erkennt er geschädigte Zellen und heilt sie."

Ich hatte Angst, ihn entgegenzunehmen, ihn zu halten und das Werkzeug zu begutachten, das Wyatt heilen könnte.

„Damit kann man alles heilen?"

„Wenn man sich den Arm abschneidet, dann nein, die Macht dazu hat es nicht." Ihr dunkler Blick hielt meinen. „In Erdensprache? Jegliche gröbere Organschäden wahrscheinlich nicht. Schnittwunden, Verbrennungen, Knochenbrüche. Alles, was eine Unfallklinik bewältigen kann, kann der Stab heilen. Alles, was schlimmer ist, braucht eine ReGen-Kapsel." Sie drehte sich herum und wies auf eine Reihe von länglichen Metallkisten. Sie waren wie der Untersuchungstisch, auf dem ich saß, aber auf jeder stand so etwas wie ein Metallsarg. Der Deckel war durchsichtig, sodass jeder, der sich darin befand, gut zu sehen war.

„ReGen-Kapsel?", fragte ich.

„Regenerations-Kapsel. Jemand, der schwer verletzt ist, kommt dort hinein. Darin ist mehr blaues Licht, viel mehr Heilkraft als in dem Stab." Sie hielt ihn mir hin, und ich nahm das kleine Gerät auf.

„Kann es Krebs heilen?"

„Ja."

„Diabetes?"

„Ja. So gut wie alles, woran Menschen auf der Erde sterben, kann geheilt werden."

Ich hüpfte vom Tisch, packte den Stab, lief auf und ab. „Warum gibt es sie dann nicht auf der Erde? Millionen könnten gerettet werden! Leid—" Ich dachte an Wyatt und die langen Tage, die er weinend im Krankenhausbett verbracht hatte und seine Mama angefleht hatte, die Schmerzen wegzumachen. Ich hatte seine Hand gehalten und die Schwestern angebettelt, ihm Medikamente zu geben, ihm zu helfen. Aber das war fast noch schlimmer. Seine Augen wurden glasig und er konnte nicht mehr wie ein normaler kleiner Junge mit mir reden. Er war benebelt, schlief so viel, dass ich schon fürchtete, er würde nicht mehr aufwachen. Heiße Tränen füllten meine Augen, als ich auf dieses Ding hinunterblickte, das nicht größer war als eine Fernbedienung, und ich wollte schreien. „Warum? Es könnte so vielen Menschen helfen."

Rachel seufzte und stütze ihre Hüfte an die Seite des Untersuchungstisches. „Das stimmt, aber die Erde ist noch nicht bereit für diese Technologie. Ihre Anwesenheit hier, Ihre Geschichte ist der Beweis dafür."

„Ich?"

Rachel zog beide Augenbrauen hoch. „Der Stab kann heilen, aber er kann auch töten. Krebs erregen. Krankheit hervorrufen. Menschen töten, und es würde hundertprozentig natürlich aussehen. Herzinfarkt. Krebs. Schlaganfall. Leberversagen. Demenz. Man könnte jemandem das Hirn braten, nur um sicherzustellen, dass er vergisst, was auch immer der Übeltäter möchte, dass sein Opfer vergisst." Sie sah mir eine Minute lang dabei zu, wie ich mich wand. „Glauben Sie ernsthaft, dass die Regierungen und Großunternehmen auf der Erde Gutes damit tun würden?"

Ich war Journalistin. Ich war nicht unbedingt ein um die Welt reisender Kriegsreporter, aber ich hatte auch nicht immer die rosa Brille auf. Als alleinerziehende Mutter hatte ich den Luxus nicht. Nein, die Nachrichten waren ein ständiger Strom an Korruption und Krieg. Mord und Terrorismus. Rachel hatte Recht. Die Koalition hatte Recht. Aber das ließ mir nur das Herz in der Brust brennen. Alle mussten leiden, weil die Gier und die Korruption, das Böse auf der Erde noch nicht ausgelöscht oder unter Kontrolle gebracht worden waren.

„Menschen sind wirklich Ungetüme."

Rachel seufzte, und der Laut brach mir fast das Herz. „Ja. Das sind wir wirklich."

„Aber ich brauche dieses Teil. So viele Menschen leiden. Kann man nicht eines davon zurückschmuggeln und niemandem davon erzählen? Es jemandem wahrhaft Vertrauenswürdigem übergeben? Ich würde es keiner Seele verraten, ich schwöre es. Ich würde es zerstören, sobald ich—" Ich dachte an Wyatt und schwenkte den Stab durch die Luft. „Das hier? Dieses kleine Ding könnte meinen—"

Ich kniff die Lippen zusammen und wandte mich ab. Tränen liefen mir über die Wangen, und ich wischte sie rasch weg. Ich hatte zu viel gesagt, aber meine Gefühle, meine Not, Wyatt zu helfen, hatte mich unvorsichtig werden lassen. Ich würde alles für ihn tun, selbst diese

Menschenfrau, die mich nicht mochte, um Hilfe bitten.

„Könnte Ihren was, Lindsey?", fragte Rachel. Zum ersten Mal fehlte ihrer Stimme diese Schärfe.

Ich antwortete nicht.

„Sie sind Enthüllungsreporterin. Nichts für ungut, aber die sind für gewöhnlich listig. Rücksichtslos. Gemein. Hartherzig." Ihre Hand legte sich mir auf die Schulter, und die zarte Berührung ließ mich aufschrecken, während sie weiter sprach. „Sie sind nichts davon. Ich dachte, Sie wurden in der Kampfarena aufgegriffen. Die gesamte Basis redet davon, wie Kjel um Sie gekämpft hat. Niemand, der listig sein möchte, lässt sich so sichtbar machen."

Ich lachte über meine eigene Dummheit. „Nun, ich bin Journalistin und Bloggerin. Nur dass ich für gewöhnlich nicht an dieser Art Story arbeite. Ich bin eher jemand, der Artikel über Krankenhaus- und Erziehungstipps schreibt. Also ja, ich gebe wohl eine ziemlich schlechte Spionin ab."

„Warum sind Sie wirklich hier?"

Ich drehte mich zu ihr herum. „Um die Wahrheit zu finden. Herauszufinden, was mit Captain Brooks passiert ist. Sein Onkel ist Senator. Er stammte aus einer wohlhabenden, einflussreichen Familie, die glaubt, dass wir von der Koalition darüber angelogen werden, was hier vor sich geht. Also haben sie mich geschickt. *Das* ist die Wahrheit."

Rachels Augen waren ernst, aber nicht hart. „Ich war ein Whistleblower. Ich hatte mitbekommen, dass der Chef der Firma, für die ich arbeitete, schlechte Medikamente produzieren ließ, an denen Menschen starben. Ich habe es gemeldet, und deswegen wurde mir die Sache in die Schuhe geschoben, um mich loszuwerden. Ich wurde zu fünfundzwanzig Jahren Gefängnis verurteilt."

Mein Mund stand offen. Heilige Scheiße.

„Ich bin lieber Interstellare Braut geworden und wurde diesem Planeten zugewiesen, anstatt ins Gefängnis zu gehen. Ich war der Wahrheit auf die Spur gekommen, hatte sie gemeldet und es war gegen mich verwendet worden. Sie haben mich zum Sündenbock gemacht und ich bin zum Zug gekommen. Mein Wissen wurde nicht zum Guten eingesetzt. Wie können Sie mir garantieren, dass das, was Sie hier erfahren haben, nicht dazu verwendet wird, die Lage für die Kolonie noch schlimmer zu machen?"

„Ich werde alles tun, was ich kann, um sicherzustellen, dass das nicht passiert."

Sie zog eine Braue hoch. „Sie wissen doch über Meinungsmache bescheid, Lindsey. Denken Sie mal drüber nach. Sie können sie nicht aufhalten. Die Männer hier brauchen Hoffnung. Sie brauchen Bräute. Und was Sie machen, wird alles zerstören. Seit Brooks gestorben ist, hatten wir nur eine Braut.

Eine. Seit Monaten. Wie können Sie sicherstellen, dass das Material, das sie zurückbringen, nicht dazu eingesetzt wird, die Menschen von der Koalition abzuschrecken? Vom Bräute-Programm?"

„Weil...weil ich weiß, wie es hier ist, und was ihr hier macht. Ich weiß von Krael und dem Hive und—"

„Ja, aber die können alles, was Sie ihnen geben, für politische Meinungsmache verdrehen. Leben für Geld opfern. So, wie es mit mir passiert ist. Ein großes Pharmaunternehmen hat Geld über das Leben anderer Menschen gestellt. Mein Gott, die Krieger hier auf der Kolonie wollen leben. Sie wollen Liebe, Familie, Kinder. Sie klammern sich gerade mal eben so mit den Fingernägeln an Hoffnung fest. Wenn sie etwas auf der Erde verkünden möchten, dann sagen Sie, dass wir mehr Bräute brauchen. Mehr Freiwillige, die hierher kommen und ihr perfektes Gegenstück finden."

Ich biss mir auf die Lippe. Das war es

nicht, worauf meine Auftraggeber aus waren, und das wusste ich. Aber konnte ich das nun durchziehen?

Das musste ich. Sie würden Wyatt etwas tun, wenn ich es nicht tat. Aber das Glück von allen Wesen hier auf der Kolonie dafür zu opfern? Das war eine schreckliche Wahl. Eine furchtbare Last. Und das Gewicht erdrückte mich. Ich konnte nicht atmen. Ich krampfte die Hände um den Rand des Untersuchungstisches, und meine Knöchel wurden weiß, während ich auf einen Schmutzfleck auf dem ansonsten makellosen Fußboden starrte. Konzentrier dich. Ich musste nur atmen.

Dass Rachel mich anschrie, half nicht. Sie war wirklich sauer, ihre Wangen knallrot und ihre Hände zu Fäusten geballt an ihrer Seite, als wäre sie drauf und dran, mich auf die Nase zu boxen.

Ich hätte es verdient. Aber Wyatt hatte nicht verdient, was mit ihm geschehen würde, wenn ich nicht heimkommen und Senator Brooks und seinen Leuten geben würde, was sie wollten.

Rachels Stimme wurde lauter, und ich zuckte zusammen. Meine Kopfschmerzen waren in voller Stärke zurück. „Aber nein. Darum geht es Ihnen ja nicht. Worauf sind Sie aus, Lindsey? Geld? Nicht wahr? Sie können sich ein neues Auto kaufen, und alle Krieger hier können innerlich jeden Tag noch ein klein wenig weiter sterben. Sagen Sie mir, dass ich mich irre? Sagen Sie mir, dass Sie kein egoistisches kleines Mädchen sind, das bereit ist, all diese Leben für nicht mehr als ein paar Nullen auf dem Bankkonto zu zerstören. Geld, richtig? Deswegen sind Sie so verzweifelt darauf aus, diese Story zu holen und heimzukehren.“

Ich konnte es nicht leugnen. Wenn ich es tat, müsste ich ihr die Wahrheit sagen. „Scheint, als hätten Sie mich völlig durchschaut.“ Ich schniefte, hob das Kinn und sah sie direkt an, während sich die

Tränen in meinen Augen sammelten. Sie war ein verschwommener Klecks auf der anderen Seite dieser brennenden Tränen. „Sie halten sich wohl für ach so clever. Sprechen sie ruhig weiter."

Sie lächelte mich zaghaft an und verschränkte die Hände. „Jeder hat Sie gefragt, warum Sie hier sind. Alle anderen kaufen Ihnen Ihre Story ab." Sie ging zu einem kleinen Tisch an der Wand und kam mit einem weichen Tuch zurück. „Wischen Sie sich die Tränen ab, Lindsey, und erzählen Sie mir, was wirklich los ist. Hier sind nur wir beide. Niemand sonst ist da. Sie sind Kjels Gefährtin. Das heißt, dass Sie nun auch zu mir gehören. Kjel ist ein guter Mann, und er hat genug gelitten. Erzählen Sie mir, warum Sie wirklich hier sind. Lassen Sie mich helfen. Lassen Sie Maxim helfen. Primus Nial ist mit meinem Gefährten befreundet. Er hat ebenfalls eine Menschenfrau zur Gefährtin. Sie heißt Jessica. Auch sie wird Ihnen helfen wollen.

Sie müssen mir nur die Wahrheit erzählen."

Wir waren in einem Nebenzimmer der Krankenstation. Es waren zwar ein paar Ärzte und Techniker im anderen Raum, aber Rachel hatte dieses Zimmer ausgesucht, damit wir Ruhe hatten. Jetzt wusste ich, warum sie das wollte. Sie flüsterte nun, und ich nahm das kleine weiße Tuch und wischte mir die Tränen ab. Sie flüsterte: „Warum sind Sie hier?"

Ich holte tief Luft. Stieß sie aus. Mein Bauchgefühl entschied, dass ich ihr ver- trauen sollte. Mein Herz sprach, bevor mein Hirn aufholen konnte. Rachel hatte einfach etwas Entschlossenes an sich, etwas Starkes. Ich vertraute darauf, dass sie mir helfen konnte.

„Mein Sohn. Er heißt Wyatt und ist vier Jahre alt."

Ihre dunklen Augen wurden groß. „Sie haben einen Sohn?"

Ich schluchzte laut und holte tief Luft, versuchte, Kraft zu sammeln. „Vor etwas über drei Monaten hatten wir einen Autounfall. Ich kam mit ein paar Kratzern davon, aber trotz Kindersitz wurde Wyatt verletzt. Sein Bein. Es war gebrochen, zerschnitten, zerstört. Sie haben ihn zusammengeflickt, ein paar Mal operiert, aber sie konnten ihn nicht gesund machen. Die Wachstumsfuge war beschädigt und wuchs frühzeitig zusammen. Sein Bein wird zu wachsen aufhören. Sie möchten ihn nochmals operieren, was helfen könnte, aber es sieht nicht gut aus."

Rachel schwieg, und ich sprach weiter.

„Er braucht noch weitere Operationen. Mehr als die, die er schon hatte. Und wenn sie es damit nicht hinbekommen, wird er sein ganzes Leben lang Operationen und Knochentransplantate brauchen, um zu wachsen. Meine miese Versicherung hat die OP als medizinisch nicht notwendig abgelehnt, was völliger Blödsinn ist. Ich möchte gegen die Entscheidung angehen, aber…es ist kein Geld dafür da." Ich lachte, aber es lag keine Fröhlichkeit darin, nur Verzweiflung. Ich sah ihr in die Augen und erzählte ihr den Rest. „Es ist nicht mal Geld für die OPs da, die er bereits hatte."

„Und der Senator hat Ihnen einen Haufen Geld angeboten, wenn Sie hierher kommen und diese Story schreiben?"

Ich nickte. „Ja. Genug, um Wyatt zu versorgen. Und ich kann hier nicht bleiben. Ich kann keine Braut sein, keine Gefährtin. Ich habe einen Sohn. Ich bin Mutter." Meine Schultern bebten, aber ich hielt den Schmerzensschrei zurück. „Kjel ist wunderbar. Umwerfend. Gott— ich kann nicht beschreiben—" Ich stammelte, aber Rachel nickte. Sie verstand die Anziehung zwischen Gefährten, denn sie hatte zwei. Zwei! Sie wusste, was es mich kosten würde, fortzugehen. „Ich— ich kann meinen Sohn nicht zurücklassen. Nicht einmal für ihn."

„Ihr Sohn. Ohne diese Operationen wird er sein Leben lang verkrüppelt bleiben?“

Ich nickte, und Tränen liefen mir in stiller Qual übers Gesicht. Nun, da ich die Wahrheit erzählt hatte, konnte ich den Schmerz nicht zurückhalten. „Ich will das Geld, aber...aber ich will dieses ReGen-Ding noch mehr.“ Ich hielt das Gerät hoch, das wie ein Zauberstab war. Ich schwenkte es herum. „Das hier würde ihn heilen. In nur wenigen Minuten.“

Ich rutschte vom Untersuchungstisch und zwang mich, die Tränen zu unterdrücken. Ich blickte Rachel in die Augen und hielt den Stab zwischen uns hoch. „Ich muss gehen. Das hier zu ihm bringen. Ihn heilen. Die Story ist mir egal. Das war sie immer schon.“

„Die werden auf Sie warten“, sagte sie. „Die Story einfordern. Die Videoaufnahmen, Tonaufnahmen. Ohne die werden Sie nicht bezahlt werden.“

„Ich will das Geld nicht!“, schrie ich

und schwenkte den Stab. „Ich will das hier.“

„Ich gebe Ihnen den Stab, und dafür behalte ich Ihre Story?“

Ja, sie war beschützerisch. Und gerissen. Und unglaublich vorsichtig. Ich konnte ihr keinen Vorwurf machen, nicht nach dem, was ihr auf der Erde widerfahren war.

„Ich muss denen irgendetwas bringen.“ Meine Stimme zitterte. „Sonst tun sie ihm etwas.“

„Nette Leute.“ Rachel betrachtete mich eingehend, aber nahm mir den Stab nicht ab. Sie ging an eine Wand und wischte ihren Finger über eine glänzende schwarze Fläche. Sie erwachte zum Leben, zeigte allerhand Farben und Worte an, Formen und Zahlen. Nach ein paar weiteren Wischern erschien das Logo des Interstellaren Bräute-Programms auf einem Bildschirm.

„Ich will keine Braut sein“, sagte ich.

„Das müssen Sie nicht. Sie sind bereits die Gefährtin von Kjel."

„Oh Gott", raunte ich, und mein Herz brach noch einmal. „Kjel."

Sie wandte sich von der Anzeige ab und sah mich an. „Sie wollen zur Erde zurückkehren, zu ihrem Sohn Wyatt, und ihren geprägten Gefährten zurücklassen?"

„Kann er mit mir mitkommen?"

Sie schüttelte den Kopf. „Nein. Die Erde nimmt nicht einmal ihre eigenen Soldaten zurück, wenn sie mit Hive-Technologie verseucht sind. Sie würden niemals gestatten, dass ein Alien dort lebt. Ich meine, Kjel würde nicht gerade unauffällig sein."

„Kann Wyatt hier leben? Können Maxim oder der Primus, den Sie erwähnten, Wyatt genehmigen, hier zu leben?" Ich griff schon nach jedem Strohhalm, aber vielleicht gab es doch eine Möglichkeit, wie wir alle zusammen sein konnten. Ich kannte die Regeln, aber ich hoffte, dass eine für mich... zurecht-gebogen werden konnte.

„Nein." Sie biss sich in die Unterlippe, und ihre Augen füllten sich mit Tränen, offensichtlich aus Mitgefühl. „Das ist eine Regel von der Erde, nicht von der Koalition. Sie erlauben volljährigen Er-wachsenen, zu beschließen, Bürger einer anderen Welt zu werden und die Erden-bürgerschaft aufzugeben. Aber einem Kind? Nein. Die dürfen diese Entschei-dung nicht treffen, bis sie volljährig sind. Und keinem Erwachsenen ist es erlaubt, diese Entscheidung für sie zu treffen."

Damit starb jede Hoffnung, die ich noch hatte. „Also bin ich aufgeschmissen. Ich muss mich zwischen Kjel und meinem Sohn entscheiden."

„Ja." Sie wischte sich eine Träne von der Wange. „So scheint es. Sie haben Ihre Entscheidung getroffen. Sind Sie bereit, Ihren geprägten Gefährten dafür aufzu-geben, zu Ihrem Kind zurückzukehren?"

„Es ist nicht gerade so, als hätte ich

eine Wahl." Die Worte fielen mir mit einem Flüstern von den Lippen.

„Doch, die haben Sie." Rachel schloss die Augen und hielt sie ein paar lange Augenblicke geschlossen, als wäre mein Schmerz ihrer. „Es ist eine unangenehme Wahl, aber es ist eine Wahl. Sind Sie sicher? Vielleicht können wir etwas ausknobeln?"

Ich spürte die Last dieser Frage auf mir drücken. Sie war wie ein Elefant. Beklemmend und mich zerdrückend wie ein Insekt. Ich musste zwischen dem einzigen Mann im Universum, der für mich infrage kam, und meinem Sohn wählen. Ich konnte nicht beides haben. Es stand außer Frage, wie meine Wahl ausfallen würde. Es würde sich zwar anfühlen, als würde ich mir den Arm abreißen, wenn ich Kjel zurückließ, aber Wyatt brauchte mich mehr.

„Ich kann ihn nicht alleine lassen. Ich kann ihn nicht einfach verlassen." Die Tränen kamen nun ernsthaft, und ich schluchzte. „Er ist mein Baby. Ich kann nicht—"

Da wandelte sich Rachels Gesichtsausdruck. Jede Härte, jeder misstrauische Funke in den Augen war fort. Sie musste sich mit beiden Händen die Wangen abwischen, dann wandte sie sich wieder dem Schirm zu. „Dann müssen wir Sie zurückbringen, bevor Primus Nial Sie zum Bleiben zwingt. Sie mögen sich vielleicht für Ihren Sohn entscheiden, aber ich kann nicht garantieren, dass der Primus nicht entscheiden wird, sein eigenes Volk zu beschützen, die Krieger, die für ihn gekämpft haben."

„Machen Sie Witze?" *Primus Nial*—

„Ich weiß nicht. Ich bezweifle, dass ihnen dieses Problem je untergekommen ist. Aber sind Sie bereit, es zu riskieren?"

„Nein." Das war ich nicht. Keine Frage. Wyatt brauchte mich. Ich hatte ihm ein Versprechen gegeben, dass ich zu ihm zurückkehren würde, und ich hatte vor, es einzuhalten.

Der Schirm surrte einen Moment lang, als die Verbindung hergestellt wurde, dann erschien ein vertrautes Gesicht. Rachel begrüßte die Frau, deren strenges Gesicht den Bildschirm ausfüllte. „Aufseherin Egara."

„Rachel", antwortete die Erdenfrau. „Miss Walters."

Die Gefährtin des Gouverneurs von Basis 3 sprach mit klarer und bestimmter Stimme. „Wir brauchen Ihre Hilfe."

7

Lindsey

Gott, ich war ein Scherbenhaufen.

Es hatte dreißig frustrierende Minuten lang gedauert, aber ich hatte herausbekommen, wie ich die Scheibentönung in Kjels Quartier einstellen konnte. Nun konnte ich auf die felsige Landschaft hinausblicken, die schroffe Schönheit dieses Planeten bewundern. Das Zimmer war zwar klimatisiert, aber ich zitterte und rieb mir die Arme.

Ich hatte mich mit nur einem Gedanken in dieses kleine Weltraumabenteuer begeben. Wyatt. Ich dachte inzwischen nicht weniger oft an ihn, aber ich war überrascht—nein, verblüfft—über das, was ich erfahren hatte. Die Kolonie war kein Gefängnis. Sie war kein Weltraum-Außenposten voller Wilder. Hier waren Krieger, die für die Koalition gekämpft hatten, tapfer und mutig gewesen waren, selbst in der Gefangenschaft beim Hive. Gefoltert. Modifiziert. Für immer verändert.

Und dennoch, als es darum ging, nach Hause zurückzukehren, zu den Familien und Leuten, für deren Schutz sie so hart gekämpft hatten, waren sie dort nicht willkommen. Abgewiesen vom eigenen Volk, als gefährlich und geschädigt. Defekt.

Trotz allem waren sie auf der Kolonie und bauten sich ein neues Leben auf, eine neue Welt. Sie könnten Gesetzlose sein, wie in einem befremdlichen *Mad Max*-Film, aber sie waren ehrenhafte Krieger, nicht nur von der Erde, sondern von allen Koalitionswelten. Ich hatte Rezzer den Atlanen kennengelernt, und er hatte sich für mich in sein Biest verwandelt, vor der Kamera und völlig kontrolliert. Die Erinnerung daran jagte einen Adrenalinschauer durch meinen Körper. Die scharfgesichtigen Krieger mit der goldenen, braunen oder kupfernen Hautfarbe stammten vom Hauptplaneten, von dem Volk, das die gesamte Flotte kommandierte. Die Prillonen von Prillon Prime. Sie waren riesig, aber waren mir gegenüber nur höflich gewesen. Die beiden Prillonen, die mit Kjel befreundet waren, Captain Marz und Leutnant Vance, kämpften schon seit vierzehn Jahren im Krieg.

Das war mehr als mein halbes Leben.

Sie zeigten mir Videoaufnahmen von Kämpfen mit dem Hive, und ich *sah*, was diese Dinger waren. Und hier auf der Kolonie war ich umgeben von dem, was sie anrichteten. Leute verletzen. Gefangene foltern. Ihre Körper in etwas verwanden, das nicht länger menschlich war, oder prillonisch, oder atlanisch, nicht länger sicher.

Verseucht. Das war das Wort, das ich wieder und wieder von den Menschenmännern gehört hatte, die ich interviewte. Sie sahen erschreckend aus, wie direkt aus einem Science-Fiction-Film, mit silberner Haut und implantierten Schaltkreisen. Einer von ihnen hatte zwei gänzlich silberne Augen. Er hatte dunkle Haut, war aus Atlanta, und seine Mutter hatte ihn nach ihrem Lieblingsschauspieler Denzel genannt. Nun umrahmte sein kurz geschnittenes krauses schwarzes Haar die dunkle Haut Augen, die aussahen wie flüssiges Quecksilber.

Ihn weinen zu sehen, hatte mich beinahe in Stücke gerissen. Er hatte zwei Schwestern und eine Mutter, die sie alle drei alleine großgezogen hatte. Sie hatte geschrien und geheult, als er sie über den Videoschirm angerufen hatte, um ihr zu sagen, warum er nie wieder nach Hause konnte.

Als tief religiöse Frau hatte sie nur einen Blick auf seine Augen geworfen, ihn einen Dämon genannt und ihm gesagt, er solle sich umbringen.

Und das war noch nicht einmal das Schlimmste, was ich gehört hatte. Es schien keine Rolle zu spielen, von welchem Planeten diese Kerle stammten. Kein Planet wollte sie zurück. Alle hatten Angst. Ihr Volk hatte Angst vor ihnen. Ihre Regierungen hatten Angst vor ihnen. Laut Kjel war diese Angst nicht gänzlich unbegründet.

Ein einziger böser Frequenz-Generator konnte all ihre Hive-Technologie reaktivieren. Die Implantate waren buchstäblich im Schlafmodus und warteten nur darauf, wieder eingeschaltet zu werden. Und manche der Männer hatten die Hive-Implantate im Gehirn. In der Wirbelsäule. Laut Rezzer hatte der Prillone namens Tyran, einer von Kristins Gefährten, so viel Hive-Technologie in den Muskeln, dass er sogar stärker war als der Atlane im vollen Biest-Modus.

Beängstigend war ein Hilfsausdruck.

Aber sie waren alle gut zu mir gewesen. Tatsächlich waren die beiden Personen mit der unfreundlichsten Einstellung mir gegenüber die zwei Menschenfrauen Rachel und Kristin gewesen. Sie blickten mich beide an, als hätte ich ihr Haustier gequält. Sie waren so beschützerisch, so fest entschlossen, diese Männer zu retten und ihnen irgendeine Art von Glück zu geben. Hoffnung. Ihre Gefährten waren gefoltert und gebrochen worden, und nun waren die Frauen entschlossen, sie zu retten. Weitere Frauen auf die Kolonie kommen zu sehen.

Senator Brooks hatte Unrecht gehabt. Großes Unrecht. Aber warum auch nicht? Niemand kannte die ganze Wahrheit. Ich kannte sie. Aber ich war hier auf dem Planeten. Ich hätte Beobachter sein sollen. Ein *verborgener* Beobachter.

Tja, das hatte ganze fünf Minuten lang angehalten, wie Rachel schon sagte. Ich war eine furchtbare Ermittlerin. Aber ich hatte mich mit diesen Menschen angefreundet. Hatte ihre wahren Geschichten erfahren. Die Wahrheit. Und das wollten sie auf der Erde. Also, das *behaupteten* sie, dass sie wollten, aber ich konnte den Leuten hier nicht garantieren, dass ihre Geschichten nicht zu Lügen gesponnen werden würden. Das war mir egal gewesen, als ich noch im Transportshuttle war. Mir war alles egal gewesen, außer, Wyatt gesund zu machen. Ihn zu schützen.

Aber nun war mir mehr wichtig als nur mein Sohn. Mir waren die Krieger hier wichtig. Mir war Kjel wichtig. Er hatte sich geweigert, interviewt zu werden, aber ich brauchte ihn nicht vor eine

Kamera zu setzen und mit Fragen zu löchern, um zu wissen, dass er ein guter Mann war. Ich hatte es gespürt, als sich unser Geist im Traum begegnet war. Ich spürte es, wenn er mich berührte.

Kjel.

Mit ihm hatte ich nicht gerechnet. Ja, ich hatte mich nach jemandem gesehnt, der mir gehörte. Ich sehnte mich nach einem Mann, der vertrauenswürdig war, beschützerisch, ehrenvoll und tapfer. Fürsorglich und aufmerksam. Selbst ein wenig unanständig und sehr, sehr schmutzig. Aber *ihn* hätte ich auf der Erde niemals gefunden. Nein, er hatte hier auf mich gewartet. Und er wollte mich. Sagte, dass es Bestimmung sei, dass ich ihm gehörte. Ich!

Das Mal auf meiner Hand war nun ruhig. Es tat nicht länger weh, aber mein Herz schmerzte nun, und dieser Schmerz war weitaus schlimmer. Ich hatte erst eine Nacht mit meinem geprägten Gefährten verbracht—Gott, mein Hirn konnte diese Tatsache gar nicht erfassen —und ich wollte mehr. Ich wollte es ein Leben lang. Ich brauchte ihn nicht erst monatelang zu kennen, um zu wissen, dass er der Richtige für mich war. Der absolut Richtige.

Ich konnte auf die Erde zurückkehren und den ganzen Planeten absuchen, und ich würde niemals einen Mann finden, der so perfekt für mich war wie Kjel.

Er gehörte mir. Er war mein perfektes Gegenstück.

Es war nicht Kismet oder glückliche Fügung. Nein, wir waren aufeinander abgestimmt. Vom Schicksal einander zugewiesen, oder Gott, oder sonst einer unsichtbaren Kraft, die irgendwie meine Handfläche und seine markiert hatte— obwohl wir genau an gegenüberliegenden Ecken des Universums geboren worden waren.

Kjel, der Jäger von Everis, gehörte mir.

Aber ich würde gehen. Zurück zur

Erde, wo ich mich für Wyatt anstatt für ihn entschieden hatte. Ich würde mich für Wyatt an erster Stelle entscheiden. Kjel war vielleicht mein geprägter Gefährte, aber Wyatt war mein *Sohn*. Ich würde niemals von ihm weggehen können, ihn niemals im Stich lassen.

Nichts würde mich von ihm fernhalten, nicht einmal die wahre Liebe zu einem unerwarteten und wunderbaren Alien-Krieger, oder zehn Lichtjahre kalten, schwarzen, leeren Weltraums.

Rachel half mir dabei, nach Hause transportiert zu werden. Sie hatte ihre Geschichte mit mir geteilt und dafür gesorgt, dass ich sie erfuhr und mit mir mitnehmen konnte, in der Hoffnung, dass die Frauen auf der Erde hörten, was sie zu sagen hatte, und es dadurch mehr Bräute für die Kolonie geben würde. Sie wollte nur, dass diese Krieger glücklich waren. Es wollte zwar nicht jeder eine Gefährtin, aber die meisten schon. Eine Familie, Kinder. Liebe.

Rachel war, wie sich herausstellte, ziemlich toll. Sie kannte meine Wahrheit, kannte die Gründe, warum ich Kjel zurücklassen würde. Ich konnte es ihm nicht sagen. Nein. Er würde mich nicht gehen lassen. Laut Rachel würde er buchstäblich nicht in der Lage sein, mir zu erlauben, zu gehen. Sein Drang war mehr als menschlich, ein Instinkt im Kern seines Wesens, der nie zulassen würde, dass er mich verließ, egal unter welchen Umständen.

Nur der Tod war stark genug, ihn von meiner Seite zu reißen.

Aber er hatte keinen Sohn mit vertrauensvollen blauen Augen und Grübchen. Er hatte nie die süßen, weichen kleinen Arme um seinen Hals gedrückt gespürt, nasse Küsschen auf seiner Wange, ein geflüstertes ‚Ich hab dich lieb, Mama‘ mitten in der Nacht.

Ich hielt still und kämpfte gegen die Tränen an, die unter meinen Augenlidern hervorquollen wie flüssiges Feuer. *Wyatt.*

Ich musste nach Hause.

Und deswegen sprang ich auf, als Kjel in sein Quartier kam, warf mich auf ihn und schlang die Beine um seine Hüften. Ich musste von ihm weg, ihn loslassen, aber nicht jetzt. Nicht, bevor Aufseherin Egara das sagte.

Schon bald. Zu bald, also würde ich das meiste aus der verbleibenden Zeit herausholen. Ich war noch nie so erregt gewesen, so begierig nach einem Mann, wie bei Kjel. Obwohl er von Everis war, von einen anderen Planeten, war er ein *ganzer* Mann. Seine Schultern fühlten sich breit und solide unter meinen Händen an, seine Taille war fest und kräftig unter meinen darum geschlungenen Beinen, sein Waschbrettbauch, der gegen meine Scham gepresst war, seine Beule, die an meine begierige Pussy stupste. Einhundert Prozent purer, unverfälschter Mann. Und er gehörte ganz und gar mir.

Zumindest heute Nacht.

„Aber hallo", sagte er, und sein Mundwinkel zog sich nach oben.

„Habt ihr ihn gefunden? Krael?"

Kjels Gesicht wurde hart. „Nein. Aber das werden wir. Ich werde bald wieder einberufen werden." Er blickte mich an, strich mit seinen Knöcheln über meine Wange, und ich konnte zusehen, wie seine Spannung sich löste. „In der Zwischenzeit, wolltest du etwas?"

„Ja." Ich wackelte mit den Hüften, drückte mich fester gegen seinen Schwanz. „Ich will dich nackt."

In seiner Brust grollte ein ausgesprochen primitiver, männlicher Laut. „Die Prägung macht uns scharf aufeinander. Sie hält uns in einem…äußerst begierigen Zustand, bis die Besitznahme vollzogen ist."

Ich beugte mich vor, wanderte mit den Lippen an seinem Hals entlang, fühlte das leichte Kratzen seines Bartes, atmete seinen sauberen, dunklen Duft ein. „Ich dachte, das hatten wir letzte Nacht schon gemacht." Ich biss sanft in die Sehne an seinem Hals.

Seine großen Hände packten mich am Hintern, hoben mich hoch, und er trug mich zum Bett.

Er stützte ein Knie am Bett ab und setzte mich ab, während ich mich noch festhielt. Ich blickte in seine dunklen braunen Augen hoch. „Eine formelle Besitznahme-Zeremonie ist der Rahmen, in dem ich dich zu meinem Eigentum mache, Lindsey. Ich fülle dich mit meinem Schwanz, fülle dich mit meinem Samen, während unsere Male einander berühren. Dann, und nur dann, sind wir für immer vereint."

Er hatte mich in der Nacht zuvor bereits gefickt. Mehr als einmal. Sein Samen sickerte schon den ganzen Tag lang aus mir hervor, aber ich konnte mich nicht entsinnen, dass er je unsere

Finger verschränkt hätte, sodass unsere Handflächen aneinander lagen.

Ich verspürte den unsäglichen Drang, Ja zu sagen und genau das zu tun. Ihn zu meinem Eigentum machen. Für immer. Aber das würde nicht passieren. Das wäre egoistisch von mir. Schlimmer noch, es wäre grausam. Wären wir auf immer verbunden, würde er niemals über mich hinwegkommen oder jemand anderen finden, eine andere Frau, die ihn lieben konnte.

Allein der Gedanke war wie ein Messer in meinem Herzen, aber ich würde ihm sein Glück nicht verwehren, selbst wenn es nicht mit mir sein konnte. Kjel verdiente es so sehr, geliebt zu werden.

Er runzelte die Stirn und schob eine Hand an meinem Körper hoch, bis er meine Wange umfassen konnte. Er sah mich an. Sah tief in mich hinein. „Was ist los? Warum bist du traurig?"

Ich schluckte schwer, würgte die Tränen, die mir den Hals zuschnürten, wieder hinunter. Ich würde nicht weinen. Ich konnte ihm nicht zeigen, dass ich aufgebracht war und dies das letzte Mal sein würde, dass ich unter ihm lag, seine Hitze spüren würde, seinen Atem, seinen Schwanz. Seinen Kuss.

„Gar nichts. Küss mich."

Ich sah, wie sich sein Grübchen formte, kurz bevor er seinen Kopf senkte und meiner Bitte nachkam. Sein Mund war warm und fest. Sanft.

Zu sanft.

Ich legte ihm die Hände auf den Hinterkopf und zerrte an seinem dicken, dunklen Haar. Ich wollte ihm nicht sagen, dass dies das letzte Mal war, dass wir zusammen sein würden. Dass ich jede Sekunde voll auskosten wollte. Aber ich würde es ihm zeigen.

Auf mein Drängen hin veränderte er den Kuss. Ja, ich hatte den Anfang gemacht und ihm auch gezeigt, was ich wollte, aber ich würde ihm die Führung überlassen. Es gefiel mir, wenn er die Oberhand hatte. Entweder war er unglaublich geübt—worüber ich nicht näher nachdenken wollte—oder das Mal ließ ihn auf natürliche Art genau wissen, was mich scharf machte. Er wusste, wie er mich küssen musste, seine Zunge mit meiner verschlingen. Wie er mich berühren musste. Und schon bald, Gott, schon bald, wie er mich ficken musste.

Meine Füße waren immer noch hinter seinem Rücken verschränkt. Er stützte sich auf einen Unterarm, und seine freie Hand wanderte von meinem Hals hinunter zu meiner Hüfte, bevor er knurrte: „Du hast zu viel an.“

Erst bei dem Gedanken daran, mich nackt auszuziehen, legte ich die Füße neben seine Hüften.

„Du zuerst“, sagte ich ihm.

Er zog zwar eine Augenbraue hoch, schob aber ansonsten schweigend seine Finger unter den Bund und zog sich das gepanzerte Hemd über den Kopf, und ließ es auf den Boden am Fuß des Bettes fallen.

Ich hob die Hände und ließ sie über die breite Fläche heißer Haut gleiten, spürte die steinharten Muskeln unter meinen Handflächen. Ich biss mir auf die Lippe, fuhr mit den Fingerspitzen über eine flache Brustwarze, hörte ihn aufkeuchen.

Meine Augen wanderten zu seinen hoch und ich sah, dass die erregten Tiefen beinahe schwarz geworden waren. Ich wusste, dass seine Selbstbeherrschung am seidenen Faden hing—mir ging es genauso.

„Du bist noch nicht fertig", fügte ich hinzu.

„Wenn ich die ausziehe, dann sind wir viel zu schnell fertig."

Der Gedanke, dass ich ihn an die Grenze getrieben hatte, dass er schon alleine davon, mich zu küssen, kurz vorm Kommen war, von meiner Hand auf seiner nackten Brust, gab mir ein mächtiges Gefühl. Ich hatte noch nie zuvor so viel Kontrolle über jemanden gehabt. Ich hatte mich noch nie so begehrt gefühlt, so gewollt.

Ich griff nach seiner Hose, fing an, sie aufzuknöpfen. Seine Hände legten sich auf meine, und er sah mich an. „Ich will dich sehen. Dich schmecken. Das habe ich noch nicht getan. Ich will dich hinunterschlucken."

„Du bist eine gefährliche Frau."

Ich schüttelte den Kopf, und mein Haar glitt über die weiche Decke. „Bin ich nicht. Ich will dich einfach."

„Ich kann dir nichts verwehren, Gefährtin."

Dieses Wort tat mir inzwischen weh, aber ich ignorierte es und konzentrierte mich darauf, ihn anzusehen, mir das Feuer in seinen Augen einzuprägen, wie kraftvoll und elegant er sich bewegte. Ich musste ihn mir so, wie er jetzt war, in mein Gehirn einbrennen. Erregt. Stark.

Meins.

Er drückte sich hoch, dann stand er am Fuß des Bettes und zog sich einen Stiefel mit dem Fuß aus, dann den anderen, bevor er die Hosen auszog. Ich kam auf die Knie hoch und sah zu, wie jeder einzelne Zentimeter seines perfekten Körpers zum Vorschein kam.

Sein Schwanz…er war eine glorreiche Erscheinung. Groß. So groß. Dick und lang. Er hatte eine saftig rote Farbe, glatt mit einer hervorstehenden Ader, die an der Seite entlang verlief. Die Spitze war bauchig und dunkler, zeigte direkt auf mich, und aus dem kleinen Schlitz trat ein Lusttropfen hervor. Ich leckte mir über die Lippen, begierig auf eine Kostprobe. Ich streckte die Hand aus und umfasste den Ansatz, und meine Finger konnten sich nicht ganz um das heiße Fleisch schließen.

„Wow." Ich war zwar in der Nacht zuvor schon gefickt worden mit diesem…diesem Biest, aber ich hatte nicht viel Zeit gehabt, es zu bewundern.

„Das alles gehört nur dir, Gefährtin."

Sein Grinsen entspannte mich, und ich beugte mich vor und leckte die flüssige Perle auf. Sein Atem zischte hervor, und seine Hüften bäumten sich bei der zarten Berührung auf. Er war so groß, dass ich mich nicht weit bücken musste. Wir hatten beinahe die perfekte Größe dafür, dass ich ihn in den Mund nehmen konnte.

Aber ein Finger an meinem Kinn ließ mich hoch blicken.

„Wenn du mich schon lutschen willst, will ich, dass du dabei nackt bist."

Nun war ich an der Reihe, mich auszuziehen. Ich hatte eine kleine Reisetasche gepackt, mit nur einer zweiten Koalitions-Uniform, aber mehreren Unterwäschesets. Kjel hatte die Wäsche vom Vortag so gut gefallen, dass ich jetzt keine Uniform-Wäsche tragen würde. Ich hatte keine Ahnung, wie die aussah, aber ich wollte Kjels Verlangen erneut spüren.

Und so kamen mein hellrosa Spitzen-BH und das dazu passende Höschen zum Vorschein, als ich die Uniform auszog. Ich hatte nicht gerade Körbchengrösse Doppel-D, also ließ ich das, was ich hatte, gerne gut aussehen. Ich fasste mir in den Rücken, um den Verschluss zu öffnen, aber er legte mir eine Hand auf den Oberarm, um mich aufzuhalten.

Sein Blick wanderte über meinen Körper, während er sprach. „Warte. Ich will dich ansehen." Seine Hände kamen hoch und strichen über den zarten Stoff an der Wölbung meiner Brust. „Wie nennt man das?"

Ich blickte an mir hinunter, auf die stumpfen Fingerspitzen, dunkel und maskulin neben meiner milchig blassen Haut und dem hellen BH.

„Spitze?", fragte ich.

Eine Fingerspitze strich sanft über das Blumenmuster. „Spitze", antwortete er, als würde er das Word kosten. „Abgesehen von dir ist es das, was mir von der Erde am besten gefällt."

Ja, ich konnte sehen, wie sein Schwanz vor mir pulsierte und hüpfte— es gefiel ihm verdammt gut.

„Willst du, dass ich es ausziehe?"

Langsam schüttelte er den Kopf, aber er strich mit den Fingern über meinen Nippel und sah zu, wie er sich zu einer harten Spitze formte.

Erst, als er seine Hand fortzog, senkte ich wieder den Kopf, und diesmal nahm ich ihn ganz in den Mund. Seine Größe dehnte mein Kiefer, während ich den Ansatz seines Schwanzes mit der Hand bearbeitete, drückte und drehte, und an der Spitze saugte.

Er stöhnte, und seine Hände griffen in mein Haar.

Die salzige Schärfe seines Lusttropfens benetzte meine Zunge, als ich ihn leckte und saugte, tiefer und immer tiefer. Ich war kein Porno-Star, also hatte ich einen Würgereflex und konnte ihn nicht so tief aufnehmen, wie ich gerne wollte. Aber so, wie er an meinem Haar zog und schwer atmete, wusste ich, dass ich etwas richtig machte.

„Ich bin nahe dran, Gefährtin. Schluck mich hinunter."

Ja. Ich wollte ihn schmecken, seinen wahren Geschmack kennen. Vielleicht lag es daran, dass wir geprägte Gefährten waren, dass ich so dachte, oder einfach nur, weil ich auf einem fremden Planeten zu einer notgeilen Schlampe geworden war. Es war mir egal. Ich wollte ihn einfach nur zum Kommen bringen. Ich brauchte es, mich mächtig zu fühlen, und ich wollte das Gefühl haben, dass ich ihm etwas geschenkt hatte. Ihm Lust bereitet. Es war ein egoistisches Begehren, eine Art, mein Gewissen darüber zu beruhigen, was kommen würde. Ich würde ihm wehtun, und dieses Wissen machte mich noch entschlossener, ihm jetzt Lust zu schenken.

Wenn die Erde nur nicht so strenge

Einschränkungen an ihr Interstellares Bräute-Programm hätte. Ich war eine alleinerziehende Mutter, ich hatte ein Kind, was bedeutete, dass ich mich nicht freiwillig melden konnte.

Blöde Regel. Saublöde Regel.

Aber bevor ich Kjel kannte, wäre es mir nicht in den Sinn gekommen, mich zum Programm zu melden.

Und jetzt war es zu spät. Ich liebte ihn, aber ich musste ihn zurücklassen.

Ich schob meine Umklammerung auf und ab, über seine gesamte Länge. Er stöhnte ein letztes Mal auf, dann schoben sich seine Hüften nach vorne und er rief meinen Namen. Sein Schwanz schwoll an, dann pulsierte er, und der heiße Samen spritzte mir auf die Zunge. Ich schluckte schnell, wieder und wieder, um alles aufzunehmen.

Erst, als ich spürte, wie sein Körper sich entspannte, zog ich mich zurück. Mit dem Handrücken wischte ich mir über den Mund. Seine große Hand umfasste mein Kinn, und ich blickte hoch in seine dunklen Augen.

Ich hatte nur eine Sekunde lang Zeit, mir den zufriedenen und äußerst gesättigten Ausdruck auf seinem Gesicht anzusehen, bevor er mich hochhob und quer auf das Bett warf. Ich federte mit dem Rücken hoch und keuchte überrascht auf. Er lag von einem Augenblick zum nächsten auf mir. Ich erinnerte mich daran, wie schnell er sich in der Arena bewegt hatte, und er setzte das ein, wenn es ihm passte. Verdammt, es machte mich so höllisch scharf, dass ich kaum atmen konnte.

Seine Knie und Unterarme waren zu beiden Seiten von mir, und ich war gefangen und von seinem Blick festgenagelt.

„Jetzt bin ich dran, Gefährtin." Seine Stimme war heiser, als wäre er von Emotionen überwältigt. Er beugte sich hinunter und küsste mich sanft. „Die ganze Nacht lang. Ich werde dich die ganze

Nacht lang ficken. Ich werde dich dazu bringen, meinen Namen zu schreien."

Die ganze Nacht lang? Ja, bitte. Ich blickte an seinem Körper hinunter und sah, dass sein Schwanz vielleicht gesättigt war, aber immer noch stahlhart. Er senkte den Kopf und blickte zwischen unseren Körpern hinunter, dann zurück zu mir. Grinste schelmisch.

„So bin ich dauernd, seit ich dich gefunden habe."

„Wow."

„Du bist dran." Er glitt an meinem Körper hinunter, während seine Handflächen eine heiße Spur zu meinen Schenkeln zogen, die er auseinander drückte und sich so niederließ, dass ich keine Chance hatte, meine Beine zu schließen.

„Diese Spitze", bemerkte er, während er einen Finger über den zierlichen Rand meines Höschens an der Naht am Oberschenkel gleiten ließ. Sein warmer Atem hauchte über meine empfindliche

Haut und machte mir bewusst, was er gleich tun würde. Und doch nahm er sich Zeit, zu…bewundern. Er war viel zu geduldig.

Die ganze Nacht lang. Ich würde es nicht überleben, wenn er vorhatte, mich *die ganze Nacht lang* derartig hinzuhalten.

„Es ist sehr dünn und trägt nicht viel dazu bei, dich zu bedecken."

Das war wohl wahr. Meine Pobacken wurden von dem dünnen Stoff kaum verdeckt, und die kleinen Riemen an der Seite waren das einzige, was es zusammenhielt. Sie waren jedenfalls keinerlei Hürde für *ihn.*

Er senkte den Kopf und fuhr mit der Zunge über den bereits feuchten Stoff. Nein. Überhaupt keine Hürde.

Ich keuchte auf, so heiß war diese einfache Berührung. Dann fuhr seine Fingerspitze unter den Stoff, schob ihn zur Seite, sodass meine Pussy zum Vorschein kam, und seine Zunge leckte erneut über mich. „Viel besser. Jetzt kann ich dich schmecken. Deinen süßen Duft einatmen."

Meine Hüften bewegten sich ohne mein Zutun, während er meine Furchen erkundete und meinen Kitzler fand.

Ich schrie seinen Namen.

„Es gefällt mir, wenn mein Name über deine Lippen kommt."

Seine Hände zerrten an den Seitenteilen meines Höschens und zogen es vorsichtig herunter. „Das hier ist zu hübsch, um es zu zerreißen."

Ich bewegte mich so, dass er sie über meine Beine abstreifen konnte. Er kehrte zu seinem Platz zwischen meinen Schenkeln zurück, und dann hielt er sich nicht länger zurück. Mit seinen Daumen spreizte er mich so, dass alles an mir zu sehen war. Mit gnadenloser Anmut bearbeitete er mich mit seiner Zunge. Ich konnte meine Hüften nicht stillhalten, aber er legte mir eine Hand auf den Unterbauch, um mich festzuhalten. Das brachte natürlich nicht viel, als er zwei

Finger seiner anderen Hand in mich schob. Er krümmte sie über meinem G-Punkt und in mir wirbelte es nur so. Ich war nahe dran, zu zerbersten.

Er musste das gespürt haben, denn er hielt still und hob den Kopf.

Ich blickte an meinem Körper hinunter zu ihm. „Warum hörst du auf?", fragte ich atemlos. „Ich will kommen."

Seine Lippen waren von meiner Erregung benetzt. „Die ganze Nacht lang, Gefährtin."

Er krümmte die Finger noch einmal, und ich stütze mich auf die Ellbogen auf. Ich hatte ein sexy Alien zwischen den Beinen, und dort wollte ich ihn auch. Vor zwei Tagen noch hätte ich mir so etwas nie vorstellen können. Aber jetzt? Jetzt musste ich das auskosten, mir jedes schelmische Grinsen einprägen, jeden Fingerstreich von ihm, jeden Zungenschlag, denn sie würden meine letzten sein. Dies war meine letzte Nacht mit ihm, und ich wollte alles.

Ich nickte. „Die ganze Nacht lang."

Ich ließ mich wieder aufs Bett sinken und ließ ihn über mich herfallen. Zum Glück wollte er mich dieses Mal, als er seinen Kopf wieder senkte, nicht länger quälen. Nein, er fand den Punkt an meinem Kitzler, der mich aufschreien und meine Schenkel um seinen Kopf herum zusammenballen ließ, und er trieb mich an die Grenze und darüber hinaus.

Hinter meinen Augenlidern wirbelten die Farben, und ich schrie. Da meine Schenkel seine Ohren bedeckten, nahm ich an, dass die Laute für ihn gedämpft waren. Aber er wusste, dass ich kam. In meiner Pussy flossen die Säfte, meine Innenwände krampften und drückten sich um seine Finger zusammen. Wann hatte ich meine Finger in seinem Haar vergraben?

Mit einem sanften Kuss auf meinen Kitzler kam er wieder zu mir hoch. Ich öffnete die Augen, sah ihn grinsen, höchst selbstzufrieden.

„Das war Nummer Eins."

Ich war zu entspannt, um viel mehr zu tun als die Stirn zu runzeln. „Eins?"

„Orgasmus. Du wirst noch viele haben."

„Oh Gott", flüsterte ich, und meine Augen fielen zu. Meine Haut war schweißnass, meine Pussy kribbelte und war geschwollen, aber ich sehnte mich nach seinem Schwanz. „Mehr."

Ich war so eine Schlampe bei ihm—so hatte ich mich noch nie verhalten—aber ich wollte noch mehr Orgasmen. Ich wollte so viele, bis ich die Besinnung verlor.

Er senkte seine Hüften und glitt mit seinem Schwanz über die schlüpfrige Haut. Die Berührung brachte mich zum Wimmern.

„Ist es das, was du willst?"

Ich nickte.

Er drang einen Zentimeter in mich ein, dann hielt er still.

„Mehr?"

Ich öffnete die Augen, begegnete seinem Blick, nickte erneut. „Mehr."

Er drang einen weiteren Zentimeter ein.

„Kjel!", schrie ich verzweifelt. Ich ließ meine Hände von seinem Rücken auf die angespannten Muskeln in seinem Hintern gleiten und versuchte, ihn in mich hinein zu ziehen. Ich bewegte die Knie so, dass er noch tiefer eindringen konnte.

„Du hast hier nicht die Kontrolle, Gefährtin. Sondern ich. Deine Lust gehört mir. Es ist meine Ehre und mein Privileg, sie dir zu schenken."

„Dann schenk sie mir, aber sofort", jammerte ich. Seine Schwanzspitze dehnte mich weit, und ich wollte mehr. Ich wollte tiefer. Ich wollte alles von ihm.

„Na du bist ein forderndes kleines Ding, nicht wahr?" Mit einem tiefen Stoß füllte er mich vollständig aus. Ich keuchte auf, streckte den Kopf nach hinten. „So etwa?"

„Ja", hauchte ich.

Er zog sich zurück, bis nur noch die Spitze mich offen hielt, dann fuhr er wieder tief ein. Ich war feucht, so feucht, dass ich es hören konnte. Dies war kein zahmer Sex. Dies war keine schnelle Nummer. Dies war roh, dreckig, mächtig.

„Ja", sagte ich, wieder und wieder, in einem Sprechgesang, der zu seinem Rhythmus passte. Bis ich mich so bewegte hatte, dass ich ihn aufnehmen konnte, alles von ihm. Bis ich kam.

Ich war ein verschwitztes, geschwächtes, gesättigtes Durcheinander. Als ich wieder Kraft hatte, meine Augen zu öffnen, sah ich ihn grinsen, stolz über seine Manneskraft und seine Fähigkeit, seine Gefährtin zu beglücken. Sein Schwanz war immer noch hart, und er hatte den ruhigen Fokus eines Mannes, der weit vom Kommen entfernt war.

Sein Fokus auf mich war laserscharf. Er hatte mir einen Orgasmus geschenkt, und so, wie er jetzt wieder seine Hüften bewegte, war er bereit, mir noch einen zu schenken.

„Die ganze Nacht lang, Gefährtin", gelobte er, fasste nach unten und rieb seinen Daumen sanft über meinen jetzt schon sensiblen Kitzler. „Für immer."

Ich wimmerte, wissend, dass ich ihm —und seinem Schwanz—völlig ausgeliefert war. Die ganze Nacht lang, ja. Für immer? Unmöglich. Ich schob den Gedanken zur Seite und ließ ihn über meinen Körper herrschen, denn wenn der Morgen kam, würde ich fort sein.

Und so gab ich mich ihm hin. Die. Ganze. Nacht. Lang.

Ich ließ mich von diesem *Ding* zwischen uns völlig verzehren.

8

Lindsey, Abfertigungszentrum für Interstellare Bräute, Miami

Die Transportplattform summte immer noch, als ich von der glatten schwarzen Oberfläche taumelte und in Aufseherin Egaras Armen landete.

„Langsam. Lassen Sie sich eine Minute Zeit. Sie sind gerade durchs Weltall gereist." Ihre ansonsten strenge Stimme war sanft und beruhigend. Zu sanft.

„Lassen Sie mich los." Ich schüttelte

den Arm ab, den sie mir um die Taille geschlungen hatte, und lief zur Tür raus in den Mitarbeiterbereich, wo die Leute, für die ich arbeitete, mich beim letzten Mal hingebracht hatten. Ohne Wissen der Aufseherin natürlich. Im hinteren Bereich befand sich eine Umkleide, wo das Kantinen- und Putzpersonal ihre persönlichen Gegenstände aufbewahrte, und meine Sachen sollten immer noch dort sein. Meine Kleider. Mein Handy. Alles gut versteckt und auf meine Rückkehr wartend.

Ich musste meine Mutter anrufen und sie warnen, dass sie Wyatt einpacken und mich irgendwo treffen sollte, nur nicht zu Hause. Irgendwo, wo es sicher war. Irgendwo anders als in dem schäbigen Wohnblock, in dem wir die letzten paar Jahre gelebt hatten.

„Lindsey, sehen Sie mich an." Aufseherin Egara schnappte mich an, aber ich winkte sie davon und klopfte mir die Uniform und die Hosen ab, die ich immer noch trug. Sie waren grün. Rachel hatte mich als medizinische Offizierin verkleidet und mir den ReGen-Stab in die Tasche gesteckt, bevor ich die Kolonie verlassen hatte. Die Kolonie. Gott, ich war an einem vertrauten Ort, zu Hause auf der Erde, und doch war mir schlecht, buchstäblich übel davon, dass Kjel so weit weg war. Mein Mal fühlte sich nicht länger warm an. Es war wie abgestorben. Nichts mehr als ein Fleck auf der Haut. Ich vermisste die Hitze, die warme, pulsierende Verbindung zu meinem Gefährten. Zu dem Mann, den ich liebte.

Nein, mein Mal würde nicht zulassen, dass ich Kjel vergaß. Er war mir ins Hirn gebrannt, ein Teil von mir, so wie das Mal ein Teil von meiner Hand war.

Aber ich war zu Hause und Wyatt nahe. So nahe. Ich musste nur noch zu ihm gelangen, bevor Senator Brooks und seine verrückte Verschwörungs-Meute das konnten.

Die Hosen und die Tunika waren angenehm zu tragen, und ich seufzte erleichtert auf, als ich den ReGen-Stab in der Hosentasche spürte. Wenn dieser Stab Wyatt so heilte, wie er es sollte, dann würde diese Reise es wert gewesen sein. Der Herzschmerz, der mich den Rest meines Lebens verfolgen würde, würde es wert sein. Ich holte tief Luft und ballte meine Faust, in der Hoffnung, den Schmerz darüber lindern zu können, dass die Verbindung zwischen uns nun tot war. „Ich muss gehen."

Ich lief zur Umkleide, die Aufseherin mir hinterher. Ich ignorierte sie. Sie war mir egal. Mir war nur eine Person wichtig, eine Sache.

Wyatt.

Eine Minute später stand ich vor einem offenen Spind und riss mir die außerirdische Kleidung vom Körper. Ich schlüpfte in meine bequemen Jeans und ein Baumwoll-T-Shirt, riss die große Handtasche vom Haken und schob den

ReGen-Stab hinein. Als ich mich hinsetzte und meine Füße in meine Sandalen schieben wollte, schnappte sich die Aufseherin meine Handtasche, und ich erstarrte. Der Heilstab war in der Tasche. Ich brauchte diesen Stab für Wyatt.

Ich sprang sie an, zerrte am Riemen der Tasche. „Was machen Sie da?"

„Habe ich Ihre Aufmerksamkeit?"

„Absolut." Sie ließ die Tasche los, und ich konnte sie an mich nehmen. Ich setzte mich wieder auf die Bank und steckte sie neben mir fest—an meiner Seite, und weit weg von ihr.

Ich ließ die Füße in die Sandalen schlüpfen und spannte mich an, bereit für einen weiteren Kampf um die Tasche falls notwendig. Niemand würde mir den Stab nun abnehmen. Ich war auf der Erde, mit dem Heilstab, und Wyatt war so nahe. Seine *Heilung* war so nahe. Die Aufseherin sah vielleicht knallhart aus, aber ich war verzweifelt. Ich würde ihr die Augen auskratzen, wenn ich musste.

Alles, für Wyatt. Alles, selbst Kjel zurückzulassen.

„Sie werden den Stab nehmen, Ihren Sohn heilen und ihn danach umgehend zu mir zurückbringen. Verstanden? Ich breche etwa hundert Regeln dadurch, dass ich Sie ihn aus dem Gebäude bringen lasse. Regeln, die mich meinen Job kosten könnten."

Gut. In Ordnung. Sie hatte nicht Unrecht. Sie hatte einen Haufen riskiert, um mir zu helfen. Wie auch Rachel, inklusive den Zorn ihrer beiden Gefährten. Genau in diesem Moment steckte sie wohl ganz schön für mich ein.

„Es tut mir leid. Ich verstehe, und ich verspreche, dass ich ihn sofort zurück bringe, sobald Wyatts Bein verheilt ist. Ich gebe Ihnen mein Wort."

„Und niemand sonst darf ihn sehen oder wissen, dass er existiert. Diese Technologie ist auf der Erde verboten. Sie *existiert* hier gar nicht.

„Versprochen. Ich schwöre, ich tue

genau das, was Sie sagen. Ich muss nur Wyatts Bein heilen." Ich griff nach dem Taschengriff. Er war hart und rund, ein gekrümmtes Stück Bambus in meiner Hand. Aber die Aufseherin griff nicht noch einmal danach.

Ich war fertig angezogen und bereit zum Aufbruch, also wühlte ich durch den Inhalt, bis ich mein Telefon fand. Ich schaltete es ein und wartete darauf, dass es bereit war. Die Batterie war immer noch voll geladen. Ich war nur ein paar Tage weg gewesen, aber Gott, es fühlte sich an wie ein ganzes Leben.

Ich war nicht der gleiche Mensch wie zuvor. Ich war nun stärker. Kjel zu lieben, hatte mich irgendwie stärker gemacht. Tapferer. Ich würde Wyatt heilen und die Scheißer verarschen, die mich auf die Kolonie geschickt hatten. Hoffentlich hatte die Aufseherin genug Zeit gehabt, um sich um die zweite Hälfte von Rachels Plan zu kümmern.

„Hat Rachel Ihnen die Dateien geschickt?", fragte ich.

Aufseherin Egara nickte, diesmal mit einem etwas breiteren Lächeln. „Ja."

„Und? Hatten Sie genug Zeit?"

„Ich musste ein wenig Hilfe hinzuziehen, aber ja. Wir haben alle Dateien fertig nachbearbeitet und online gestellt. Wir haben auch Kopien an alle großen Nachrichtenagenturen geschickt, also sollten sie bald ausgestrahlt werden."

Der kaputte kleine Teil in mir, der beim Gedanken daran verkümmert war, dass ich die Krieger auf der Kolonie verraten hatte, wurde wärmer und heilte. Rezzer und Marz, der Gouverneur und die anderen, die Menschen, mit denen ich gesprochen hatte, würden ihre Geschichten gehört bekommen. Die Wahrheit.   Nicht   irgendeinen zurechtgesponnenen Unfug, eine Version, die dazu verdreht worden war, den Kriegern auf der Kolonie Schwierigkeiten einzubrocken.

Ich war es leid, eine Schachfigur zu sein.

Die Aufseherin und Rachel wollten meine Interviews, die persönlichen Geschichten der Krieger dazu einsetzen, um Bräute zu rekrutieren, die dadurch vielleicht auf die Kolonie geschickt werden wollten. Ich wusste nicht genau, wie das Interstellare Bräute-Programm funktionierte, aber die Aufseherin hatte betont, dass eine Frau, die einen bestimmten Planeten direkt anforderte, diesen nicht verweigert bekommen würde.

Und die Kolonie brauchte mehr Bräute. Rachel hatte das oft genug gesagt, aber ich stimmte zu. Ich hatte die Krieger gesehen. Sie kennengelernt. Sie brauchten Hoffnung und Leben und Kinder. Sie brauchten Lärm und Chaos und eine Zukunft. Sie brauchten eine Erinnerung daran, wofür sie überhaupt Opfer gebracht und gekämpft hatten. Und das war nicht der triste Schatten einer Existenz, den sie derzeit hatten. Die Dinge wurden langsam besser, aber nicht schnell genug für Rachel. Sie wollte, dass alle auf der Kolonie glücklich waren. Jetzt.

Außer Kjel. Er würde keine Zuweisung bekommen. Er würde seine Gefährtin nicht an seiner Seite haben. Ich hatte ihm das Glück verwehrt, das er verdient hatte, die Art Beziehung, die er mit niemandem sonst finden würde. Ich hatte Kjel zu einem inhaltlosen Leben verdammt, indem ich mich dafür entschieden hatte, meinen Sohn zu retten. Indem ich ihn angelogen und zurückgelassen hatte. Ich hatte mich nicht einmal verabschiedet.

„Sie sollten alleinerziehende Mütter ins Interstellare Bräuteprogramm lassen", flüsterte ich. „Denn das hier ist Scheiße."

Die Aufseherin nickte, und ein feuchter Schimmer sammelte sich in ihren Augen aus Mitgefühl für meinen Schmerz. „Ich stimme zu. Aber das ist eine Regel von der Erde, nicht von der Koalition."

„Sie ist dämlich."

„Die Regierungsoberhäupter auf der Erde finden nicht, dass die Entscheidung, auf eine andere Welt zu reisen, für einen Minderjährigen getroffen werden kann. Sie können nicht gehen, bevor sie alt genug sind, ihre eigene Entscheidung zu treffen."

Ich kannte die Regeln. Irgendwann einmal war ich sogar der gleichen Ansicht gewesen. Aber jetzt? Jetzt wusste ich, dass Kjel ein liebevoller und beschützender Vater gewesen wäre. Jetzt wurde mir bewusst, dass Frauen wie ich aufgaben, weil irgendwelche fetten alten Männer in Washington nicht der Meinung waren, dass ich als alleinerziehende Mutter in der Lage war, eine solche Entscheidung für mein Kind zu treffen.

Es war Schwachsinn, aber ich hatte buchstäblich keine Macht, das zu ändern. Zumindest nicht in den nächsten Tagen.

Danach? Nun, vielleicht würde ich eine YouTube-Kampagne starten mit den Dingen, die ich auf der Kolonie erfahren hatte. Vielleicht konnte ich veranlassen, dass sich alleinerziehende Mütter zusammentaten und Petitionen an den Kongress schickten. Irgendetwas. Es musste doch *irgendetwas* geben.

„Eines nach dem anderen." Ich redete mit mir selbst, aber ich musste mich konzentrieren. Wyatt brauchte mich zuerst. Um den Rest würde ich mir später Gedanken machen.

Tränen brannten mir hinter den Augen, aber ich blinzelte sie davon, mit der brutalen Effizienz einer Alleinerziehenden, die es gewohnt war, harte Entscheidungen zu treffen und Tränen zu verstecken, die fließen wollten. Nichts war einfach. Darüber zu weinen, würde es nicht weniger schmerzhaft machen, es würde der Welt nur die Schwachstelle in meiner Rüstung zeigen, eine Schwäche, die man ausnutzen konnte. Von dem

Schmerz, den meine tote Handfläche mir bereitete, würde niemand sonst je erfahren. Ich wusste nur, dass irgendwo im Universum noch eine Handfläche ebenso dunkel war, ebenso kalt und leer.

Aber Kjel war nicht der Einzige, der mich wollte. Wyatt *brauchte* mich. Ich konnte mir nicht leisten, schwach zu sein. Ich war alleinerziehend. Meinen kühlen Kopf zu verlieren, war einfach keine Option.

Die Aufseherin brachte mich zum Eingang des Abfertigungszentrums und wartete, bis der Wagen, den ich über eine App gerufen hatte, da war, um mich nach Hause zu bringen.

„Vielen Dank", sagte ich.

Sie legte den Kopf schief und nickte. „Gern geschehen. Halten Sie sich nur an unsere Abmachung."

„Das werde ich." Die Glastür glitt auf, und ich lief zum Wagen, der gerade vorfuhr. Die Sonne ging soeben unter, und ich blickte auf mein Telefon. Kurz nach acht, was hieß, dass Wyatt bald zu Bett gehen würde. Ich wollte ihn sehen, seine süßen kleinen Arme um meinen Hals gedrückt spüren, brauchte es, von seiner kindlichen Liebe zugeschüttet zu werden, damit die Leere, die Kjel hinterlassen hatte, nicht ganz so wehtun würde. Ich wollte ihn sofort heilen und nicht noch eine Sekunde damit warten, ihm den Schmerz zu nehmen.

Ich vermisste beide Jungs in dem Moment, und der Schmerz in meinem Herzen drohte, mich zu zerbrechen. Der Schmerz meiner toten Handfläche? Damit würde ich leben, als ständige Erinnerung an Kjel und unsere gemeinsame Zeit.

Wir fuhren los, und ich blickte gerade noch rechtzeitig am Abfertigungszentrum hoch, um zu sehen, wie die Ärztin, die mitgeholfen hatte, mich zur Kolonie zu senden, aus einem Fenster im zweiten Stock heraus zusah, wie der Wagen losfuhr. Ich keuchte auf.

„Scheiße."

Nur ein Anruf, und der Senator würde wissen, dass ich wieder hier war. Sie würden an meiner Tür stehen, sobald ich daheim ankam. Zeit für Plan B.

Ich musste fliehen. Ich musste Wyatt so schnell wie möglich aus der Wohnung bekommen. Mit ungeschickten Fingern suchte ich nach der Nummer meiner Mutter.

Sie antwortete schon beim ersten Klingeln.

„Mama?"

„Oh mein Gott, Lindsey! Du bist zurück! Ich hatte solche Angst, dass du es nicht schaffen würdest." Sie brach in Tränen aus, und ich hörte meinen kleinen Jungen im Hintergrund schreien und jubeln. *Mami ist wieder da! Mami ist wieder da! Mami ist wieder da!*

„Hast du gepackt, wie ich dir gesagt habe?", flüsterte ich. Der Fahrer achtete zwar nicht auf mich, aber ich wollte nicht, dass er viel wusste. „Geld und Reisepässe für uns drei?"

Die Stimme meiner Mutter beruhigte sich, und sie ignoriert Wyatts Singsang. „Die Notfalltasche?"

„Ja." Ich hatte sie gebeten, bereit zu sein, die Stadt in Eile zu verlassen und niemals zurückzukommen. Für alle Fälle. Und es schien, dass „" nun eingetreten waren.

„Ja, Schatz. Wir sind bereit."

Ich seufzte auf. „Gut. Pack die Taschen in den Wagen." Ich lehnte mich in den Sitz zurück und konzentrierte mich auf die vorüberziehenden Straßenlampen, die ich verschwommen durch die Tränen hindurch sah, die ich nicht fließen lassen wollte. „Steigt sofort ins Auto. Wartet nicht auf mich. Sie wissen, dass ich wieder da bin. Steigt ins Auto und wir treffen uns dort, wo wir besprochen haben. Vergiss das Handy und verwende das Wegwerf-Telefon, das ich dir gekauft habe. Wenn du mich brauchst, ruf mich auf meiner neuen Nummer an. Ich habe dir die Nummer in die Brieftasche geschrieben.“

Der abgemachte Treffpunkt war ein heruntergekommenes, floh-verseuchtes Motel etwa zwanzig Meilen vor der Stadt, an einer alten Bundesstraße. Ich hatte unsere Route schon geplant. Wir würden über das Sumpfgebiet an den Golf fahren und die Küste entlang, bis wir in Texas waren. Danach? Tja, Mexico war eine Option. Vielleicht würden wir in den Flieger steigen und noch weiter in den Süden gehen. Nach Costa Rica. Von mir aus auch Peru. Ich würde mir Aufseherin Egara greifen und ihr den Zauberstab zukommen lassen, aber zuerst würde ich sicherstellen müssen, dass Wyatt in Sicherheit war.

„In Ordnung, Schatz. Wir werden so bald wie möglich dort sein.“

„Beeilt euch, Mama. Diese Kerle machen keine Witze.“

Ich legte auf und gab dem Fahrer die

neue Adresse. Ich war nicht der Typ dafür, meine Nägel zu beißen, aber ich war so angespannt, dass ich mir ziemlich sicher war, ich würde keine Fingernägel mehr haben, bis wir zum Motel gelangt waren. Mit pochendem Herzen lehnte ich mich in den Sitz zurück, drückte auf den Knopf, der das Fenster herunterließ, und warf mein Handy auf einen Flecken Gras hinaus, sodass es nicht zerspringen würde. Ich hoffte, dass sie versuchen würden, mein Handy zu orten. Hoffte, dass jemand es einsammeln und sich damit bewegen würde, vorzugsweise in die entgegengesetzte Richtung.

Stopp. Los. Fahren. Stopp. Die Sekunden vergingen wie Stunden, und ich hätte geschworen, dass das verdammte Auto jede rote Ampel fand, die zwischen mir und meinem Baby stand.

Jede einzelne verdammte rote Ampel. Und jedes Mal, wenn wir stehenblieben, fühlte es sich an, als würden die Schatten mich verfolgen. Mich beobachten. Abwarten.

Ich seufzte erleichtert auf, als der Fahrer auf den Motel-Parkplatz einfuhr. Ich gab ihm zwanzig Dollar Trinkgeld und sagte ihm, er solle vergessen, dass er mich je gesehen hat. Ich erzählte ihm, dass ich auf der Flucht vor einem Psycho-Ex war, der mich misshandelt und geschlagen hatte. Der Typ verzog das Gesicht und gab mir den Zwanziger zurück. Sagte, ich solle ihn behalten, weil ich es mehr brauchte als er. Als er wieder wegfuhr, war ich mir sicher, dass er nichts sagen würde, zumindest eine Weile lang nicht.

Mein alter, verbeulter Wagen mit Wyatts Kindersitz auf der Rückbank parkte vor der fünften Tür. Ein blonder Haarschopf huschte hinter den Vorhang zurück, und kurz darauf öffnete sich die Tür. Und mit einem Mal konnte ich wieder atmen.

Wyatts Lächeln hätte ganze Städte erleuchten können, als er so schnell er konnte auf mich zu eilte. Seine Schritte waren langsam und ungelenk. Die Schiene an seinem Bein hielt ihn davon ab, so schnell zu laufen, wie er es gerne hätte. Ich hob ihn hoch und drückte ihn fest, und er vergrub sein Gesicht in meinem Hals und drückte so fest zu, wie seine kleinen Arme es konnten.

Gott, er roch so gut, fühlte sich so weich und warm an. Lieb.

„Du hast mir gefehlt, Mami."

Diese Worte. Mein Herz zersprang in tausend Stücke. „Ich habe dich auch vermisst, mein Schatz."

„Geh nicht wieder weg."

Da konnte ich die Tränen nicht länger zurückhalten. Sie liefen mir übers Gesicht wie Wasser aus dem Wasserhahn. „Werde ich nicht, Wyatt. Versprochen. Nie wieder."

Ich trug ihn in das Hotelzimmer hinein, wo meine Mutter wartete, umarmte sie kurz und legte Wyatt dann auf eines der harten Betten. Sie blickte mich mit besorgten Augen an, auch wenn sie den erleichterten Blick einer Mutter hatte, die ihr Kind zum ersten Mal in die weite Welt hinaus geschickt hatte. Ich hatte nie darüber nachgedacht, wie tapfer es von ihr gewesen war, mich ins Weltall reisen zu lassen. Gott, sie hatte ihr Kind ins Weltall geschickt!

Ich drückte ihre Hand, und sie schenkte mir ein Lächeln mit feuchten Augen.

„Ich muss dir etwas ganz Besonderes zeigen.“

Wyatt klatschte in die Hände, als würde er ein Geschenk bekommen, also musste ich erklären: „Du kannst es nicht behalten, aber ein paar sehr nette Leute haben mir erlaubt, es mir auszuleihen, um dein Bein gesund zu machen.“

Meine Mutter kam näher, ihre Hand legte sich auf meine Schultern und sie machte große Augen. „Wie bitte? Wovon redest du?“

Ich blickte in ihr verwirrtes Gesicht hoch und lächelte durch meine Tränen hindurch. „Du wirst es nicht glauben." Ich griff in meine Tasche und holte den ReGen-Stab hervor. Ich aktivierte ihn so, wie Rachel es mir beigebracht hatte, nahm Wyatt die Schiene ab und schob ihm den Dino-Pyjama übers Knie hoch. Was dumm war, weil die Heilung ja unter der Oberfläche stattfinden würde, aber ich wollte zusehen. Ich musste es sehen.

„Hab keine Angst", sagte ich ihm. Mein Herz schlug so stark, dass ich mir sicher war, Wyatt konnte es hören. Der Moment war gekommen. Ich konnte mein Kind heilen, ihn gesund machen, mit nur einem Schwenker dieses Stabes. Keine Operationen. Keine Schmerzen.

Der Stab wurde blau, und Wyatt machte große Augen. „Was ist das?", fragte er mit seinem süßen Lispeln.

Ich grinste, glücklicher als ich es seit dem Unfall je gewesen war. „Ein Zauberstab. Ich habe ihn nur für dich aus dem Weltall geholt."

„Wirklich?" Der Haarwirbel auf seinem Kopf war ein wenig zerzaust, und niedliche kleine Stacheln aus blassblondem Haar standen geradeweg von seinem Kopf ab. „Kennst du das Zauberwort?"

„Aber klar doch." Ich beugte mich hinunter und gab ihm einen Kuss auf die Nase. Danach hielt ich den Stab über sein Bein und sagte „Abrakadabra."

Wyatts Aufregung verflog, und er wurde ernst, legte sich aufs Bett zurück, wo meine Mutter ihm rasch ein paar Kissen zurechtschob. Diese Routine war alt und vertraut.

Aber das hier würde das letzte Mal sein. Nie wieder.

Ich hielt den Stab über ihn, bewegte ihn über sein Bein, bis die Kontrollleuchte, die ich laut Rachel im Auge behalten sollte, zu blinken anfing und der ReGen-Stab seine Arbeit erledigt hatte. Ich hatte nicht auf die

Zeit geachtet, aber es konnte nicht mehr als eine Minute gewesen sein, vielleicht zwei. Das war alles. Zwei Minuten, und er war geheilt—hoffte ich. Ich fuhr dann über den Rest von ihm, nur zur Sicherheit. Wenn sonst etwas nicht mit ihm stimmte, von dem ich vielleicht nicht wusste, dann wollte ich es reparieren. Heilen. Gesund machen. Ich wollte, dass er perfekt war.

Als ich fertig war, blickte ich auf meinen Sohn, auf den schläfrigen, zufriedenen Ausdruck auf seinem Gesicht.

„Wie fühlt sich das an, Schatz?"

Wyatts kleines Lächeln brachte die Tränen zurück. „Es tut nicht mehr weh, Mami."

„Zeig es mir."

Er sah mich an, dann meine Mutter, die nickte. Er hüpfte vom Bett, und sein Hosenbein rutschte wieder an seinen Platz. Ja, er hüpfte. Kein zögerlicher Schritt. Er blickte zu mir, mit großen Augen. Dann sprang er hoch. Meine

Mutter streckte instinktiv die Arme aus, um ihn davon abzuhalten.

„Es ist wieder gut!", sagte er, dann rannte er durchs Zimmer zur Badezimmertür und wieder zurück. „Mami, es ist wieder gut."

Meine Mutter legte sich die Hand über den Mund und versuchte, ihre Tränen zu verbergen. Tränen der Freude, nicht des Leids. Ihr Blick traf meinen. „Wieder gut."

Ich nickte, und Wyatt kam zu mir zurück.

Ich zauste ihm durchs Haar. „Wieder gut", wiederholte ich. Die Erleichterung war unglaublich. Es hatte funktioniert. Egal, was im Leben weiter passierte, ich wusste, dass es Wyatt gut gehen würde.

„Das ist toll, Wyatt. Jetzt ist aber Schlafenszeit."

Er kletterte mit Leichtigkeit ins Bett. Ich war mir sicher, dass er am liebsten die ganze Nacht über im Zimmer herumhüpfen wollte, aber es war zu spät für ihn.

„Schlaf ein", sagte ich, beugte mich hinunter und gab ihm einen Kuss auf die weiche Stirn.

„Du bleibst da", forderte er.

„Ich bleibe da. Versprochen."

Wyatt schlief ein, und meine Mutter und ich machten es uns auf den harten Holzstühlen bequem, die einander gegenüber um einen winzigen runden Tisch standen. Das Motel war alt, der Teppich vor der Tür fadenscheinig. Im schmutzig-gelben Glas der Deckenlampe waren mehrere Fliegen gefangen, und das Zimmer roch nach Staub, aber das war mir alles egal. Wyatt war geheilt, und wir waren in sicherer Entfernung zur Wohnung.

Meine Mutter beugte sich vor und verschränkte die Arme vor der Brust. Eine Augenbraue hochgezogen, ein Blick, den ich schon hundert Mal gesehen hatte. Sie streckte mir ihre Hand hin, und ich gab ihr den Stab.

„Erzähl schon."

Sie sagte nicht mehr. Das brauchte sie auch nicht. Ich hatte drei Tage, von denen ich ihr erzählen konnte, und eine Reise von zehn Lichtjahren. Da Wyatt schlief, erzählte ich ihr alles, was ich wagte, über die Reise, die Kampfarena und über Kjel. Den Stab. Als ich fertig war, wischte ich mir die Tränen ab, und sie ebenso.

„Du liebst ihn." Es war keine Frage.

Ich zuckte mit den Schultern. „Wie könnte ich das? Ich habe nur zwei Tage lmit ihm verbracht."

Da war wieder die hochgezogene Augenbraue. „Du liebst ihn."

Ich wischte mir die Tränen von den Wangen und blickte zu meinem Sohn. „Ich liebe Wyatt."

„Aber er ist dein, was noch mal? Geprägter Gefährte?"

Ich hielt ihr die Handfläche hin, sodass sie das Mal dort sehen konnte. Das Mal, das bis vor ein paar Tagen nichts weiter als ein komisches Muttermal war.

„Dein Vater hatte so eines. Und seine Mutter auch. Ich dachte, es wäre nur ein Familienmerkmal, wie rote Haare oder schiefe Zähne."

Ich war verblüfft über ihre Worte. Er war schon lange tot, und ich erinnerte mich nicht an die kleinen Details über ihn. Vor allem kein Mal auf seiner Handfläche. Wenn er ein Mal hatte, hieß das, dass meine Mutter seine geprägte Gefährtin war?

„Du hast keines", sagte ich.

Sie schüttelte den Kopf.

Also hatte mein Vater einst eine geprägte Gefährtin irgendwo da draußen im Universum gehabt, und sie nie gefunden? Lebte sie noch? Machte das einen Unterschied? Ich wusste, dass die Ehe meiner Eltern glücklich gewesen war. *Daran* erinnerte ich mich wohl. Meine Mutter kannte es nicht anders, vielleicht auch mein Vater nicht. Ich hatte auch nicht gewusst, dass das Mal ein Zeichen dafür war, dass ich von Everis abstammte. Ich würde meiner Mutter bestimmt nicht sagen, dass ihre Ehe weniger wert war, weil sie keine geprägten Gefährten gewesen waren.

„Gibt es gar nichts, was du tun kannst? Damit du bei ihm...und Wyatt zugleich sein kannst?", fragte sie und riss mich aus meinen Gedanken.

Ich schüttelte traurig den Kopf. „Er weiß gar nichts von Wyatt. Ich habe es ihm nie gesagt."

„Schäm dich, Lindsey." Sie rügte mich, und ich fühlte mich, als wäre ich wieder drei Jahre alt. „Wenn er dich liebt, dann wird er auch Wyatt akzeptieren. Ich verstehe nicht, warum ihr nicht zusammen sein könnt."

„Weil die Erde nicht gestattet, dass die Freiwilligen im Interstellaren Bräute-Programm Kinder haben. Es verstößt gegen die Regeln. Man kann sich dazu melden, das eigene Leben und Glück zu opfern, indem man auf einen anderen Planeten geht, aber ich kann diese Entscheidung nicht für einen Minderjährigen treffen. Es ist nicht gestattet."

„Scheiß drauf, Lindsey." Meine Augen wurden groß. So redete meine Mutter nie. „Du bist keine Braut. Du bist nicht zugeordnet worden."

„Ich—" Ach du Scheiße. Meine Mutter hatte recht.

„Wenn du dir Wyatt schnappen und auf der Kolonie mit ihm leben könntest, würdest du das tun?"

Etwas, das einem traurigen Lachen nahekam, platzte aus mir hervor. „Ja."

„Warum hast du es ihm nicht gesagt?"

Ich konnte ihr nicht in die Augen blicken, stattdessen starrte ich auf den fadenscheinigen Teppich. „Ich weiß nicht. Alles ging so schnell, und ich wusste, dass ich nicht bleiben konnte. Es schien nie der richtige Zeitpunkt zu sein."

Ihr vorwurfsvolles „ts, ts" ließ mich

zusammenzucken. „Nicht jeder Mann ist wie Pet—“

„Sag bloß nicht seinen Namen“, unterbrach ich sie.

„In Ordnung. Nicht jeder Mann ist wie der *Samenspender*. Du hättest es ihm sagen sollen.“

„Dafür ist es jetzt zu spät, Mama. Ich bin hier, und er ist am anderen Ende des Universums. Alles, was jetzt noch wichtig ist, ist, dass Wyatt jetzt gesund ist.“ Ich strahlte bei dem Gedanken daran, dass er geheilt war. Sie drehte den Kopf herum und sah Wyatt beim Schlafen zu.

„Ja, das ist ein wahres Wunder.“

Sie seufzte, und ich sah sie mir zum ersten Mal seit meiner Rückkehr so richtig an. Die Fältchen um ihre Augen waren tiefer geworden. Ihre Haut war blass. „Du bist völlig erschöpft, Mama. Geh schlafen.“

Es war ein Beweis dafür, wie müde sie war, dass sie nicht widersprach, einfach zum zweiten Bett ging und die Decke zurückzog. Sie zog sich die Schuhe aus und kletterte hinein, vollständig bekleidet. Als ihr Kopf es sich auf dem Kissen bequem gemacht hatte, sah sie mich an. „Wann willst du aufbrechen?"

Ich blickte auf den dreiundzwanzig Jahre alten Wecker, der auf dem Nachttisch zwischen den beiden Doppelbetten stand. „In frühestens vier Stunden."

Sie nickte und schloss die Augen.

Ich prüfte den Riegel an der Tür und legte mich neben Wyatt aufs Bett. Ich zog ihn in meine Arme, vergrub meine Nase in seinem süß duftenden Haar und atmete den Geruch von Kind und Sonnenschein ein. Nichts hatte je so gut gerochen.

Ich war gerade am Einschlafen, als die Tür aufknallte und gegen die vergilbte Tapete an der Wand krachte.

Wir alle drei schreckten kerzengerade im Bett hoch. Meine Mutter schrie auf, und ich zog Wyatt in meine Arme und verbarg ihn unter mir. Ich hörte ihn wimmern, aber er bewegte sich nicht.

Ich blickte hoch in das eine Gesicht, das ich nicht sehen wollte. Roger, der Handlanger des Senators. Der Mann, der die Geschäfte abwickelte, der mir im gleichen Atemzug das Geld angeboten und meinen Sohn bedroht hatte. Vor drei Tagen war ich bereit gewesen, alles zu tun. Aber ich hatte es geschafft, hatte Wyatt auf eine Weise geheilt, die ich mir nie vorgestellt hätte.

„Roger."

„Miss Walters. Ich möchte meinen, Sie sind uns eine Erklärung schuldig."

Hinter ihm kam die Ärztin aus dem Abfertigungszentrum in den Raum gestakst und hielt zielstrebig auf den Re-Gen-Stab zu, der auf dem Tisch lag, wo meine Mutter und ich ihn liegen gelassen hatten. „Und ich werde das hier an mich nehmen", sagte sie.

„Nein. Das können Sie nicht machen."

Er war für Aufseherin Egara bestimmt. Wir hatten eine Abmachung. Wyatt heilen und ihr den Stab zurückbringen. Ich konnte sie nicht brechen. Aber Roger holte eine Pistole hervor, von irgendeinem magischen Ort, wo Bösewichte scheinbar immer eine Pistole versteckt hielten, und da wusste ich, dass ich mein Versprechen brechen musste.

„Können wir wohl." Er schwenkte die Waffe zwischen mir und meiner Mutter hin und her, die kerzengerade dasaß und ihn mit großen Augen anstarrte. Völlig verängstigt. Ihre Augen schossen immer wieder zu Wyatt.

„Lassen Sie meine Mutter und Wyatt gehen. Sie haben mit der Sache nichts zu tun."

Roger zog nur finster eine Augenbraue hoch und sagte: „Packen Sie die Taschen, meine Damen. Sie kommen alle mit."

Ich spannte mich an, bevor ich mich bewegte, vom Bett aufstand und versuchte, Wyatt zu schützen, aber während ich mich noch sammelte, geschah ein Wunder...mein Mal flammte mit äußerst willkommener Hitze auf, und ich fing zu weinen an.

Wyatt blickte von Roger zu mir, seine Augen groß und verängstigt. „Wein doch nicht, Mami."

Ich lächelte ihn an. „Keine Sorge. Alles wird gut." Ich drehte meinen Kopf zu Roger herum und sah die Verwirrung in seinen Augen, als meine gesamte Haltung sich änderte und ich aufrecht und stolz vor ihm stand, völlig furchtlos. „Wenn ich Sie wäre, würde ich die Waffe senken."

„Und warum das?", fragte Roger.

Mein Grinsen war aufrichtig, das Mal in meiner Hand brannte erneut. „Damit mein Gefährte Sie nicht umbringt."

9

Kjel

„Diese Erdenfahrzeuge sind jämmerlich. Da kann ich ja noch schneller laufen.“

Aufseherin Egara ignorierte mich, die Augen auf die Straße gerichtet, ihre Hände fest um das eigenartige Steuerrad des Fahrzeuges geklammert. „Ja, aber wie lange?“

Sie schlenkerte heftig um ein großes Fahrzeug herum, das riesige Kisten auf

Rädern zog, und ich packte den kleinen Handgriff über dem Fenster, damit ich ihr nicht in den Schoß fallen würde. „Mehrere Meilen.“

„Ach, äh.“ Sie richtete uns wieder gerade und fügte sich in die Spur vor dem viel größeren Fahrzeug ein. „Sie könnte zehn Meilen entfernt sein, oder hundert. So lange halten Sie nicht durch.“

Gut möglich, und deswegen hatte ich mich auch bereit erklärt, meinen Körper in diesen engen Sitz zu quetschen, in dieses kleinen Gefährt, dass sie Auto nannte. Ich konnte Blut riechen, altes Blut, aber der Geruch war vertraut. „In diesem Fahrzeug ist Blut, aber es gehört nicht zu meiner Gefährtin.“

Sie schüttelte den Kopf. „Wohin jetzt?“

Ich schloss einen Moment lang die Augen und deutete auf die Abbiegung in der Straße, die uns nach links führen würde. Sie fuhr in die Richtung, die ich anzeige, und ich sog den Blutgeruch tiefer in mein Bewusstsein.

„Das Blut ist mir vertraut." Meine Jäger-Sinne ließen die Sache nicht ruhen.

„Das ist Monate her, und ich habe es seither zweimal mit Bleichmittel gereinigt."

„Ich empfehle, dass Sie es noch einmal reinigen, wenn Sie jede Spur beseitigen wollen. Der Geruch ist noch da."

Die Aufseherin grinste. „Sie sind wahrhaftig ein Jäger, nicht wahr?"

„Natürlich." Wir fuhren an einer kleinen Seitenstraße vorbei, und ich deutete wieder. „Biegen Sie ab. Jetzt gleich."

Sie trat ruckartig auf die Bremse, und ich stützte meine Arme gegen das kleine Armaturenbrett, als zwei der Reifen sich vom Boden abhoben und die anderen beiden quietschten. Als das Auto wieder sicher aufgesetzt hatte, gab sie mir eine Antwort.

„Das Blut gehört zu Jessica. Sie wurde

von einem Hive-Spähtrupp verletzt, kurz bevor Nial sie fand."

„Die Gefährtin des Primus?"

„Ja."

„Der Hive-Spähtrupp war hier? Auf der Erde?"

„Ja."

„Fahren Sie schneller. Wir sind nahe." Ich konnte Lindsey nun spüren, praktisch ihre Haut schmecken, ihr Herz klopfen hören. Die Verbindung zwischen uns flammte wieder auf, und meine Handfläche entbrannte in willkommener Hitze, ein rasendes Inferno pulsierenden Feuers, das meinen ganzen Körper vor Begehren glühen ließ. Meine Gefährtin war nahe, und aufgebracht. Verängstigt. Während ich näherkam, streckten sich meine Instinkte nach ihr aus, nach der geistigen Verbindung, die auch beim Träume teilen entstand.

Ich wusste nicht, was vor sich ging, aber ich wusste, dass sie Angst hatte.

Aufseherin Egara hielt an einer Vier-

Wege-Kreuzung an und blickte zu mir. „Wohin jetzt?"

Lindsey war nun so nahe, dass ihre Gegenwart alles überdeckte außer dem Bedürfnis, zu ihr zu gelangen.

Ich öffnete die Autotür und lief los, so schnell, dass ich kaum zu sehen war. Vor uns lag ein Gebäude mit einer Reihe von geschlossenen Türen. Vor jeder Tür war ein Auto geparkt, und ich wusste, dass meine Gefährtin hier irgendwo war.

Ich hielt in der Mitte des Parkbereiches an und schloss die Augen, horchte nach ihrem Herzschlag, ihrer Stimme.

„Wein doch nicht, Mami." Mein Herz machte einen Sprung, als ich zum ersten Mal die Stimme meines Sohnes hörte.

„Keine Sorge. Alles wird gut." Lindsey, meine tapfere Gefährtin. Sie hatte Angst, das konnte ich am Beben in ihrer Stimme hören, aber sie bemühte sich, ihn zu beruhigen.

Ihre nächsten Worte fuhren mir tief in die Knochen.

„*Wenn ich Sie wäre, würde ich die Waffe senken.*"

„*Und warum das?*" Die Stimme des Mannes war tief und ruhig. Arrogant.

Er würde sterben.

„*Damit mein Gefährte Sie nicht umbringt.*"

Lindsey versuchte, ihn zu retten, aber es war zu spät. Er hatte meine Gefährtin und meinen Sohn bedroht. Ich hatte keine Ahnung, was das hier für ein Ort war, aber es war nicht ihr Zuhause. Das wusste ich mit Sicherheit, als andere sich in den Räumen hinter den benachbarten Türen regten und bewegten.

Still wie ein Schatten ging ich an die Tür und horchte.

Fünf Herzschläge. Fünf unterschiedliche Atemrhythmen. Der rasende Puls des Jungen war fast wie ein Vögelchen. Ich konnte die Geräusche von vier kleineren Körpern unterscheiden, den süßen Geruch von drei Frauen riechen, eine von ihnen meine Gefährtin.

Aber der andere? Metallisch und männlich aggressiv. Kampf hatte einen Geruch, und dieser Mann war überzogen mit dem Verlangen, Schmerzen zu bereiten, einzuschüchtern, vielleicht sogar zu töten.

Ich wartete, horchte zu, wie er ihnen befahl, ihre Sachen zu packen und zur Tür zu gehen.

Eine Frau, die ich nicht erkannte, kam zuerst aus dem Raum. Sie war jung, ähnlichen Alters wie meine Lindsey. Ihr Haar war von dunklem, lebendigem Rot, ihre Kleidung ähnlich der von Aufseherin Egara, nur grün.

Die Ärztin, die das Programm verraten hatte. Das musste sie sein. Sie war es gewesen, die Lindsey die NPU eingepflanzt und sie in den Frachtraum geschmuggelt hatte.

Ich hielt still, abwartend, an einer dunklen Stelle, wo das Licht der Lampen nicht hinreichte.

Eine ältere Frau kam als nächstes heraus, und an ihrem Aussehen und ihrer Art, sich zu bewegen, erkannte ich, dass es Lindseys Mutter war.

Meine Gefährtin erschien in der Tür, und der Feigling hinter ihr hatte sich vor das Glasfenster gestellt.

In dem Moment, wo sie mit Wyatt an der Schwelle vorbei war und ich wusste, dass ein Schuss aus der Waffe des Mannes sie nicht irrtümlich treffen konnte, sprang ich.

Glas explodierte um mich herum, als ich meine gepanzerten Ellbogen schützend vors Gesicht hob und mich durch die Barriere warf, um den Mann anzuspringen, der es gewagt hatte, meine Gefährtin zu bedrohen.

Sein Genick zerbrach eine halbe Sekunde später in meinen Händen, mit einem Laut, den ich gerne tausend Mal hören würde. Er sackte zu Boden, und die Waffe, mit der er die Frau, die ich liebte, bedroht hatte, fiel mit sanftem Klirren zu Boden. Glassplitter glitten von meiner Rüstung ab wie Wasser von einem Stein, und fielen zu Boden mit hunderten kleinen Klirrlauten, die wohl niemand außer mir hören konnte.

Ich warf die Leiche beiseite wie Abfall, als ich mich meiner Gefährtin zuwandte.

„Lindsey. Bist du unverletzt?"

Sie stand still, in Schock, einen Herzschlag lang, dessen Dauer für mich die reinste Qual war. Ich brauchte sie, wollte sie berühren, küssen, sie gesund und munter in meinen Armen spüren.

Als ich schon kurz davor war, den Verstand zu verlieren, fing sie sich und schrie auf, sprang mir entgegen, mit vollem Vertrauen, dass ich sie auffangen würde.

Ihre Arme waren um mich geschlungen, ihre Lippen auf meinen, drückten mich mit einer Verzweiflung, die ich nur zu eindringlich spürte.

„Kjel!" Sie riss ihre Lippen von meinen, und ich setzte sie auf die Füße, meine Arme um ihre Taille geschlungen, nicht gewillt, sie loszulassen.

„Hat er dir wehgetan?“

Sie schüttelte den Kopf, und die intensive Anspannung in mir löste sich langsam.

Eine kleine Hand zupfte an meinem Arm, und ich blickte hinunter in ein Paar große, blaue Augen, die die gleiche Form hatten wie die seiner Mutter. „He. Wer bist du?“

Ich hielt Lindsey mit einer Hand weiter fest, bückte mich und hob Wyatt mit der anderen hoch, drückte sie beide an mich, blickte in die Augen meines Sohnes und sagte ihm die Wahrheit. „Ich bin jetzt dein Vater, Wyatt. Ich liebe deine Mami, und ich werde mich ab jetzt um euch beide kümmern.“

Der Junge blickte mich an, dann seine Mutter, die weinte und sich an mich klammerte, als wäre ich ihre Welt, ihr Ein und Alles, so wie ich es auch sein würde.

„Mami?“

„Was denn, Schatz?“

„Ist er mein neuer Papa?“

Lindseys Lächeln war so voller Liebe, wenn sie ihren Sohn anblickte, dass ich Tränen in meinen Augen spüren konnte. Bei den Göttern, was würde ich nicht dafür geben, dass sie mich so ansehen würde, mit absoluter und vollkommen bedingungsloser Liebe. „Ja. Geht das in Ordnung?“

Der kleine Mann sah mich an, legte mir die Hände ans Gesicht und drehte meinen Kopf von einer Seite auf die andere, forschend, beobachtend, prüfend. Ich bemerkte das Mal eines Everianers auf seiner Handfläche und wusste, dass er zu einem starken Mann heranwachsen, vielleicht sogar ein Jäger würde. Er blickte mir tief in die Augen, und ich sah eine Seele, die um vieles älter war als sein junger Körper, wusste, dass er ebenso viel erlitten hatte wie seine Mutter.

Ich schwor, dass er nie mehr leiden würde.

Ich wartete. Dieser Moment, und wie er auf mich reagieren würde, welches Gefühl er haben würde, das lag an Wyatt. Aber mit mir mitkommen würde er auf alle Fälle. Er war ein Teil von Lindsey, und ich liebte ihn jetzt schon. Seine Tapferkeit, seine offensichtliche Liebe zu seiner Mutter. Aber ich würde nichts erzwingen. Ich würde ihm alle Zeit geben, die er brauchte, um Vertrauen zu mir zu fassen.

Wyatt blickte mir in die Augen. „Zeigst du mir, wie ich Mami beschützen kann, damit keine Bösen mehr kommen?"

Seine Frage brachte mein Blut zum Kochen, und Lindsey keuchte auf, aber ich gab ihm mein feierlichstes Versprechen. „Ja, Wyatt. Ich zeige dir, wie du ein Krieger wirst und die Leute beschützt, die du lieb hast."

Wyatt nickte langsam und bedächtig,

bevor er seinen süßen Kopf an meine Schulter lehnte und seine Mutter ansah. „Ist gut. Ich will Papa zu dir sagen.“

Lindseys Schultern bebten, und als ich hochblickte, sah ich Lindseys Mutter in der Tür stehen und zusehen. Tränen liefen ihr über die Wangen, und ich nickte ihr zu, voller Respekt und Dankbarkeit dafür, dass sie mir meine Gefährtin geschenkt hatte. „Mutter.“

„Willkommen in der Familie, Kjel.“ Sie wischte sich die Wangen ab und hob ihren Blick zu mir. „Ich hoffe, du weißt, dass ich mitkomme, ganz egal wo meine Tochter hingeht.“

Ich kannte das entschlossene Funkeln in ihren Augen. Es war ein Ausdruck, den ich schon mehr als einmal auf Lindseys Gesicht gesehen hatte. „Natürlich.“

„Na dann, gut.“ Sie drehte sich zum Parkplatz herum, als wir beide den Schrei einer Frau vernahmen. Ich trug meine Gefährtin und meinen Sohn zur Tür, und sah Aufseherin Egara am Parkplatz stehen und eine Waffe auf die andere Frau richten, die das Zimmer verlassen hatte. Sie hatte die Waffe der Frau in die Seite gedrückt und nahm ihr den ReGen-Stab aus der ausgestreckten Hand.

„Ich nehme das besser an mich, Doktor Graves."

„Es tut mir leid, Katherine." Die Schultern der rothaarigen Frau sackten ergeben zusammen, und die Aufseherin winkte sie zum Auto hin, mit sichtlichem Zorn in den Augen.

„Sparen Sie sich das für Ihren Anwalt."

***

Kjel, Privatquartier, Die Kolonie

Erst als ich Lindsey in meinem Quartier hatte und das nahezu lautlose Zischen der Tür ertönte, die sich hinter uns schloss, konnte ich wieder frei atmen. Jeder angespannte Muskel in meinem Körper lockerte sich. Mein Mal war wieder warm und lebendig. Mein Herz schmerzte nicht mehr.

„Kjel", sagte sie. Nur meinen Namen, nichts weiter, aber ich hörte die Sorge in ihrem Tonfall.

Scheiße. Ich wollte nicht, dass sie sich je wieder sorgen musste.

Ich hatte ihre Hand gehalten, seit wir die Ansammlung von Türen verlassen hatten, wo ich sie gefunden hatte. Ich hatte nicht vor, so bald damit aufzuhören, sie zu berühren. Ich hatte Wyatt sicher und geschützt im einen Arm gehalten, den anderen um Lindseys Schultern gelegt, als wir transportiert waren. Lindseys Mutter Carla hatte die Hand ihrer Tochter gehalten, überraschend ruhig dafür, dass sie noch nie transportiert hatte und ihren Planeten für immer hinter sich ließ. Sie beide waren mit neuen NPUs ausgestattet worden, mit Hilfe von Aufseherin Egara, die uns beide fest umarmt und uns gesagt hatte, wir sollen verdammt nochmal von ihrem Planeten verschwinden, bevor noch mehr schief ging.

Aber jetzt, wo wir zu Hause waren, zog ich Lindsey eng an mich, schlang die Arme um sie und genoss es einfach, dass sie da war. Bei mir.

„Bist du sicher, dass es ihnen gut geht?", fragte sie, ihre Worte klangen gedämpft.

Ich freute mich auch darauf, mit Wyatt Zeit zu verbringen. Mehr über ihn zu erfahren, sein Lächeln zu sehen, zuzusehen, wie seine Augen ganz groß wurden, wenn er die Welt—nein, das Universum—um sich herum erkundete. Aber dafür hatten wir den Rest unseres Lebens lang Zeit. Morgen würde früh genug sein. Heute Nacht, heute Nacht würde ich meine geprägte Gefährtin in Besitz nehmen müssen, sie zu meinem Eigen machen. Ich konnte nicht länger warten, und auch wenn sie es nicht so gut verstand wie ich, konnte auch sie nicht warten.

Sie war nicht mit dem Wissen groß geworden, was diese Besitznahme bedeutete. So weit voneinander entfernt zu sein, war qualvoll gewesen, aber sie so nahe bei mir zu haben, doch noch nicht in Besitz genommen, war eine ganz andere Form von Folter. Mein Körper hungerte nach ihr, und ihrer bestimmt auch nach mir. Erst, wenn wir wahrhaft in Besitz genommen waren, würden unsere Körper, unser Geist, unsere Herzen, endlich zur Ruhe kommen.

Ich wollte Lindsey, meine Gefährtin, in Besitz nehmen, aber erst musste ich Lindsey, der Mutter, Zuversicht geben.

„Du hast Rachel gesehen, sie ist ganz außer sich vor Freude, einen kleinen Jungen hier zu haben. Deine Mutter ist bei Wyatt, also hat er ein bekanntes Gesicht bei sich. Aber er ist neugierig darauf, zu sehen, wohin ihr gereist seid.

Rachel und ihre Gefährten werden ihnen alles zeigen. Ich bin mir sicher, dass er herumrennen wird, wie jeder kleine Junge das sollte, und schon bald bereit sein wird, schlafen zu gehen. Ich bin nicht vertraut mit den Auswirkungen eines Transports auf jemand so Kleinen, aber Rachel wird genau auf ihn achten."

Ich sah, wie sie zur Tür blickte. Ich verstand ihren besorgten Blick.

Ich tappte auf das Kommunikationsgerät an meinem Handgelenk. „Gouverneur Rone."

„Kjel. Ich hatte damit gerechnet, von Ihnen heute Abend keine Kommunikation zu empfangen, nun, da Ihre Gefährtin wieder bei Ihnen ist."

Ja, mit Maxim zu reden, war nicht meine höchste Priorität. Aber ich würde Lindsey nicht so ficken können, wie ich wollte, so in Besitz nehmen, wie wir das beide brauchten, wenn ihre Gedanken woanders waren. Ich wollte, dass sie sich allein darauf konzentrieren konnte, dass ich mich so tief in ihr versenkte, dass wir nicht wussten, wo einer aufhörte und der andere begann.

„Wie geht es Wyatt?", fragte ich, ohne auf seine Bemerkung einzugehen.

Wir beide konnten die Laute eines kleinen Jungen, der vor Freude quietschte, deutlich hören. „Nochmal!", sagte die kleine Stimme.

„Ryston schwingt ihn durch die Luft, als wäre er ein prillonischer Schlacht-kreuzer."

Ja, dem Jungen ging es ausgesprochen gut, und ich spürte, wie Lindsey sich in meinen Armen entspannte.

„Sorgen Sie sich nicht um unsere neuesten Mitglieder auf Basis 3. Es geht ihnen beiden gut. Rachel hat sich für heute Nacht um eine Gäste-Unterkunft für sie gekümmert."

„Ist das ein Telefon? Ist dort Lindsey?" Die Stimme von Lindsays Mutter unter-brach den Gouverneur, und ich musste darüber lächeln, dass das Protokoll derart verletzt wurde. Als ich den stoischen Mann lachen hörte, war ich erleichtert, zu wissen, dass auch er sich gut unterhielt.

„Ich bin da, Mama", sagte Lindsey. Sie hatte in ihrer kurzen Zeit hier bereits gelernt, wie die Kommunikationsgeräte funktionierten. Ihre Mutter und Wyatt gewöhnten sich sogar noch schneller ein, während Doktor Sornen darauf achtete, dass ihre unvermeidlichen Kopfschmerzen gut behandelt wurden. Inzwischen liebte es Wyatt, herumzulaufen und mit jedem Krieger auf der Basis zu plaudern. Was noch erstaunlicher war: je mehr Hive-Technologie sie an sich hatten, umso mehr wollte er über sie herausfinden und mit ihnen reden.

In tausend Jahren hätte ich nicht gedacht, dass ein vom Hive verseuchter Krieger seine Implantate freudig herzeigen würde. Aber der Mann mit dem meisten Silber gewann jeweils Wyatts ungeteilte Aufmerksamkeit für sich, so wie ich nur allzu bereit war, meine der wunderschönen Frau in meinen Armen zu widmen.

„Meine Liebe, genieß du erst mal deine Zeit mit Kjel. Wyatt und mir geht es gut. Wir sehen dich morgen. Oder übermorgen."

„Nochmal!", schrie Wyatt im Hintergrund.

„Zufrieden?", flüsterte ich.

Lindsay blickte zu mir hoch und nickte. „Morgen", sagte ich, dann beendete ich das Gespräch.

„Ich weiß, dass du Wyatt am Morgen sehen wollen wirst. Wir werden in ein anderes Quartier übersiedeln, wo es ein Kinderzimmer für Wyatt neben unserem geben wird. Und deine Mutter wird bestimmt mit einem eigenen Quartier in der Nähe zufrieden sein."

Ich mochte Lindseys Mutter, schon nach der kurzen Zeit, die ich sie inzwischen kannte. Sie war tapfer und gütig. Es war offensichtlich, wo meine Gefährtin ihr helles Haar und ihre wunderschönen Augen her hatte. Sie war zwar älter als die meisten Krieger auf der Kolonie, aber es gab so manchen hier, der ähnlichen Alters war, und ich konnte mir gut vorstellen, dass einer schon bald ihr Herz gewinnen könnte.

„Wie du siehst, sind sie gut versorgt." Ich küsste Lindsey auf den Kopf, ihr seidiges Haar war ganz weich unter meinen Lippen. „Was dich betrifft, habe ich auch Pläne dafür, dich gut zu versorgen."

Sie legte den Kopf in den Nacken und blickte zu mir hoch, ihre blauen Augen mit Liebe erfüllt—und Feuer. „Hast du das?"

„Mmm, meine tapfere Gefährtin. Es scheint, dass wir beide für einander das Universum durchquert haben."

„Und ich würde es sofort wieder tun."

Mein Herz wurde bei diesen Worten weich. Ja, ich war ein abgehärteter Krieger, ein Jäger, und doch würde ich nur vor ihr weich und nachgiebig werden. „Und ich ebenso." Ich drückte sie kräftig, dann schob ich sie von mir. „Doch werden wir keinen Grund dafür haben. Es war, als wäre mein Arm ausgerissen worden."

Sie nickte, leckte sich die Lippen. „Ja."

„Ich möchte dich in Besitz nehmen, Lindsey von der Erde."

Ein strahlendes Lächeln überzog ihr Gesicht. „Lindsey von der Kolonie", entgegnete sie. Der Gouverneur hatte ihren Transfer und ihr Eintreffen bewilligt und ihr sofort Bürgerschaft gewährt. Da sie keine offizielle Braut war, brauchte sie sich nicht an deren Bräuche zu halten. Wyatt hatte ich als meinen Sohn angenommen und ohne Genehmigung von der Erde weg transportiert. Dankenswerterweise hatte Maxim sich nicht die Mühe gemacht, etwas dagegen zu unternehmen. Und auch niemand von der Erde. Scheinbar konnte ein kleiner Junge verschwinden, ohne dass es jemandem auffiel. Für mich war das in Ordnung. Er gehörte nun zu mir. Wie auch seine Mutter.

„Ich kenne die Bräuche hinter eurer Verbindungszeremonie auf der Erde nicht, aber ich möchte dich in Besitz nehmen, zu meinem Eigen machen. Dauerhaft. Unwiderruflich. Und das kann ich nur mit deiner Zustimmung."

„Ja", hauchte sie.

Ich hob ihre Hand an meinen Mund, drehte sie herum und küsste ihre Handfläche. Ihr Mal. Ich spürte dessen Hitze an meinen Lippen. „Sei mein."

„Und wirst du mein sein?", fragte sie mit schelmischem Unterton.

„Ja, mit Körper und Seele. Ich muss dich nur dazu bekommen, nackt zu sein, dann in diese heiße, nasse Pussy eintauchen und dich mit meinem Samen füllen."

„Und dann bin ich dein?", fragte sie.

„Dann bist du in Besitz genommen", erklärte ich. „Aber nur, wenn ich all das tue, während unsere Male einander berühren.“

Sie nahm meine Hand, spiegelgleich zu ihrer, und legte ihre Finger um sie, bis unsere Handflächen aneinander lagen. „So etwa?“

Ich nickte und fing an, vorwärts zu gehen, sie nach hinten zu drängen, Schritt für Schritt auf unser Bett zu. „Ja, aber wir werden vorerst loslassen müssen, wenn wir nackt werden wollen.“

Sie öffnete die Hand und trat zurück. Ihre Hände wanderten an ihr Oberteil, und ich schüttelte den Kopf. „Denk dran, Gefährtin. Das ist mein Job.“

Er war gekommen, der Zeitpunkt, meine Gefährtin an mich zu binden. Diese wunderschöne Erdenfrau für immer für mich zu gewinnen.

Lindsey

. . .

Der Moment war gekommen. Er würde mich in Besitz nehmen, und dann würde uns nichts je wieder trennen können. Niemals wieder. Ich war froh, dass Kjel mir die Kleider ausziehen wollte. Meine Hände zitterten, so sehr verzehrte ich mich nach ihm. Er hatte gesagt, dass wir auf einander scharf sein würden und der Drang, zu ficken, ständig stärker werden würde, bis er mich in Besitz genommen hatte. Und er hatte nicht gelogen. Natürlich war ich davon abgelenkt und mein Herz gebrochen gewesen, dass ich zur Erde zurück musste, aber jetzt? Jetzt wollte ich ihn mit einer Dringlichkeit, einer Not, die ich mir nie vorgestellt hätte. Ich war so feucht, dass er mich sofort aufs Bett werfen und nehmen könnte.

Ich würde nicht lange durchhalten. Sobald er mich berührte, an den Nippeln, meiner Pussy, würde ich explodieren wie eine ganze Feuerwerks-Fabrik.

Diesmal war er nicht geduldig. Meine

Kleider waren binnen Sekunden auf dem Boden verstreut, und ich wurde hochgehoben und aufs Bett geworfen.

Mein Gefährte war durchs Universum gereist, um mich zu retten und nach Hause zu bringen. Ich liebte sein Höhlenmenschen-Gehabe. Gott, es machte mich scharf.

Also, alles an ihm machte mich scharf. Seine Stimme, sein Geruch, jeder Zentimeter seines Körpers, den er nun eilig entkleidete. Sein wunderschöner Schwanz—und die Art, wie er mich füllte.

Sobald die Wirkung meiner letzten Verhütungsspritze nachließ, würde ich bestimmt sofort schwanger werden. Er strahlte so viel Manneskraft aus, dass schon ein Blick auf ihn meine Eierstöcke Habt-Acht stehen ließ. Ich wollte ein Kind von ihm. Ein kleines Mädchen, das sein dunkles Haar hatte. Ein kleines Mädchen, das Kjel um ihren Finger wickeln würde. Und Wyatt würde von seinem Vater beigebracht bekommen, auf sie aufzupassen—von meinem Beschützer, meinem Kjel.

Als er nackt vor mir stand, streckte ich eine Hand nach ihm aus, winkelte die Knie ab und stellte meine Füße auf das Bett, sodass ich für ihn offen da lag.

Ich hörte das Grollen in seiner Brust, als er sich über mich legte.

„Gefährtin, du verlockst mich so", sagte er. Seine dunklen Augen trafen meinen Blick. „Ich habe zu wenig Beherrschung. Diese Besitznahme, sie wird schnell vorüber sein. Aber danach haben wir die ganze Nacht."

Das hatte er auch beim ersten Mal gesagt, als er mich genommen hatte. War das wirklich erst wenige Tage her? Er war damals schon hungrig gewesen, war schnell gekommen, aber das hatte ihm ermöglicht, mich die ganze Nacht hindurch zu nehmen. Und dieser Mann war ausdauernd. Ich war damals hungrig nach ihm gewesen, wusste, dass unsere

Zeit begrenzt war, dass ich gehen würde. Nun schüttelte ich den Kopf, und mein Haar wischte über das Bett. „Wir haben ja die Ewigkeit.“

Da grinste er. „Die Ewigkeit“, wiederholte er.

Mit einer Hand auf meinem Knie spreizte er mich weiter. Wie ich vermutet hatte, war ich so feucht, dass die Spitze seines Schwanzes über meine Pussy glitt, sich an meine Öffnung setzte und er mit einem langen, kräftigen Stoß in mir war.

Er stöhnte, ich schrie. Ich kam, einfach so.

Meine Innenwände drückten sich um ihn, molken ihn, zogen ihn tiefer in mich hinein.

Seine Hand fand meine, und unsere Finger verschränkten sich. Ich blickte zu ihm hoch, betrachtete ihn, wie er mich betrachtete.

„Du bist zu perfekt. Zu gut. Es fühlt sich so verdammt gut an. Ich nehme dich in Besitz, Lindsey. Meine Gefährtin. Meine Liebe. Mein Herz."

Jedes Wort war von einem tiefen Stoß begleitet. Ich hob die Hüften an, um ihn noch tiefer aufzunehmen, liebte die Nachbeben meines Orgasmus. Ich konnte sehen, wie seine Not die Kontrolle übernahm, seine Augen enger wurden, seine Hüften schneller, unregelmäßiger.

„Meins", sagte er, wieder und wieder. Er schrie es heraus, und das Wort hallte von den Wänden des Zimmers, während er über mir erstarrte, tief in mir vergraben. Ich spürte, wie seine Hitze, seine Essenz, sich in mir ergoss. Mich füllte, benetzte. Mich prägte.

Mich in Besitz nahm.

„Meins", wiederholte ich.

Nachdem Kjel zu Atem gekommen war, zog er sich nicht aus mir heraus, fiel nicht neben mir aufs Bett. Nein, er blieb hart und tief in mir.

„Nochmal."

„Jetzt gleich?", fragte ich überrascht.

Seine Hand drückte meine, wo unsere Male einander berührten.

„Die ganze Nacht lang, Gefährtin. Die ganze Nacht."

Oh Gott.

Dann begann er wieder, sich zu bewegen, nahm mich heftig und schnell, süß und langsam, in jeder Stellung, auf jede Art.

Die. Ganze. Nacht. Lang.

EPILOG

Lindsey, die Kolonie, vier Monate später...

„Ich schwöre, dieses Baby kommt voll ausgewachsen auf die Welt." Rachel watschelte auf einen Stuhl zu und ließ sich neben mir mit für sie untypischer mangelnder Eleganz nieder. „Ich kann nicht glauben, dass ich noch drei Monate vor mir habe."

„Zumindest hast du keine Bettruhe, wie Kristin." Ich konnte mir ein Lächeln nicht verkneifen. Sie war vielleicht mies drauf, weil sie so groß wie ein Haus war, aber ihr Baby war etwas ganz besonders Wertvolles, ein Hoffnungsschimmer für den ganzen Planeten. Es machte alle nervös und aufgeregt, wie auch Kristins bevorstehende Entbindung. Wyatt war zwar das erste Kind gewesen, aber Kristin und Rachel würden die ersten Bräute sein, die Kinder auf dem Planeten auf die Welt brachten, und die ersten Kinder von Gefährten, die über das Interstellare Bräute-Programm zusammengeführt worden waren. Alle Krieger waren ebenso nervös und gespannt wie ihre Gefährten.

Kristin, Hunt und Tyran waren nirgendwo zu sehen. Sie versteckten sich wohl in ihrem Privatquartier und verwöhnten sie zwischen ihren Orgasmen mit Obst und anderem Luxus.

Die Glückliche.

Maxim und Ryston behielten Rachel streng im Auge. Ryston machte einen

Schritt auf uns zu, aber Rachel winkte ihn hinfort. Er sah nicht besonders erfreut darüber aus, so abgewiesen zu werden, und hielt aus der Ferne Ausschau.

„Tja, deine Gefährten sind eben groß", antwortete ich. „Da ist es doch logisch, dass das Baby auch groß ist."

„Es würde ja schon helfen, wenn die kleine Nuss mich nicht wie ein Boxchampion von innen vermöbeln würde." Rachel verzog das Gesicht und winkte ihre Gefährten davon, sichtlich genervt davon, wie sehr sie sie mit ihrer Sorge erdrückten.

Ich lachte und blickte über die weite Ebene hinter dem Hauptgebäude von Basis 3. Ein flacher Bereich mit Bänken und Bäumen, Blumen von überall aus dem Universum und weichem, federndem Gras—der Park war mittlerweile der Ort für Vergnügungen im Freien geworden. Wir sahen Wyatt zu, wie er im Kreis um mehrere Krieger herumlief. Nach all den Monaten war eine

Routine eingekehrt, und viele der Krieger auf der Kolonie fanden sich prompt nach dem Mittagessen zur Spielstunde ein. Spielstunde—den Begriff hatten Rachel, Kristin und ich von der Erde übernommen und in Wyatts Tagesablauf eingebaut—aber ich war mir nicht sicher, für wen die *Spielstunde* überhaupt war. Niemand konnte sagen, wer es mehr genoss, Wyatt oder die ausgewachsenen Atlanen, Prillonen, Vikens und anderen Krieger, die er als seinen höchstpersönlichen Abenteuerspielplatz benutzte.

Ein riesiger Atlane wechselte zwischen Biestmodus hin und her und lief Wyatt nach, brachte ihn zum Kreischen und Lachen, bis sein Gesicht ganz rosig wurde. Diese Laute brachten sowohl Spannung als auch Liebe in mein Herz. Kjel trat aus einer Gruppe Männer hervor, die eine Art Ballspiel spielten, ähnlich wie Football, aber mit Regeln, die ich noch immer nicht verstand. Kjel packte sich Wyatt und warf ihn ihn die Luft. Der

Junge quietschte vor Freude. „Nochmal, Papa!"

Ich biss mir auf die Lippe und bemühte mich, mich nicht von meinen Emotionen überwältigen zu lassen. Wyatt hatte Kjel von Anfang an *Papa* genannt. Es war offensichtlich, dass mein Gefährte meinen kleinen Jungen als seinen eigenen betrachtete. Er war beschützend, wachsam, fürsorglich und hatte ihm schon so viel über die Wege des Jägers beigebracht. Das kleine Mal auf Wyatts Hand zeigte an, dass er die Gene dazu hatte, in Kjels Fußstapfen zu treten. Eines fernen Tages. Bis dahin war ich damit zufrieden, dass er von diversen Männern auf den Schultern getragen wurde. Er musste noch ein wenig erwachsener werden, bevor er sich auf die Jagd nach Bösewichten machen konnte.

Rachel hatte der Gruppe von Kriegern ebenfalls beim Spielen zugesehen, und sie rieb sich mit einem Lächeln auf dem Gesicht über den runden Bauch.

„Ich glaube, er wird in Wyatt-Größe herauskommen", fügte Rachel hinzu.

Ich streichelte ihr über die Hand. „Es könnte auch ein Mädchen sein. *Sie* könnte Wyatt-Größe haben."

Rachel verschluckte sich an ihrem Lachen. „Bitte, sag das nicht."

„Deine Gefährten werden in ernsthaften Schwierigkeiten stecken, wenn es ein Mädchen wird", sagte meine Mutter. Sie saß auf der anderen Seite von mir, aber sie hatte sich vorgebeugt, um Rachel anzusehen. Neben ihr saß Rystons Mutter, die ein paar Monate vor unserem Eintreffen von Prillon auf die Kolonie gezogen war. Da sie ähnlichen Alters waren, hatten sich die beiden Damen sofort gut verstanden und waren enge Freundinnen geworden, auch wenn sie von unterschiedlichen Planeten stammten.

„Ja, ein Mädchen würde hier alles auf den Kopf stellen", sagte Rystons Mutter. „Alle diese Männer brauchen mehr

Frauen um sich herum, selbst wenn eine davon erst ein Baby ist."

Rachel verdrehte die Augen. „Die arme Kleine. Wenn sie sich ihr Knie aufschlägt, würden meine Gefährten den Verstand verlieren."

Meine Mutter lachte, und ich merkte, wie sich ein paar Köpfe in unsere Richtung drehten. Meine Mutter war Mitte Vierzig und war seit unserer Ankunft hier aufgeblüht. Kein Stress. Eine neue Freundin. Sie sah zehn Jahre jünger aus und strahlte vor Glück. Ich hatte das Gefühl, dass es nicht lange dauern würde, bis ein paar Krieger Interesse an ihr zeigen würden. Rystons Mutter war Prillonin, und ich kannte sie nicht gut, aber sie bewegte sich mit einer adeligen Anmut, der bisher noch kein Krieger gewagt hatte, näherzutreten. Aber nun, da ihre beiden Gefährten gestorben waren, würde ihre Trauer sie nur eine gewisse Zeit lang beschützen. Sie war nicht zu alt für einen Neuanfang. Beide Frauen waren vielleicht zu alt, um noch Kinder zu bekommen, aber es gab reichlich ältere Krieger hier, die sich einfach nur über ihre Nähe und Zuneigung freuen würden.

„Inzwischen gibt es drei neue Gefährtinnen auf Basis 5, also habe ich so das Gefühl, dass es schon bald reichlich Babys auf allen Kolonie-Basen geben wird", sagte ich nicht ohne Stolz. Die Videos, die ich Aufseherin Egara gegeben hatte, hatten Wirkung gezeigt. Immer mehr Erdenfrauen meldeten sich zum Programm und forderten an, auf die Kolonie geschickt zu werden. Jede Frau, die eintraf, war ein Segen und eine Gabe für die restlichen Krieger. Erst Basis 3, mit der Ankunft von Rachel. Nun Basis 5. Schon bald würden auch die anderen Basen ihre ersten Bräute empfangen.

„Du hast mit Aufseherin Egara gute Arbeit geleistet", sagte meine Mutter. „Ich habe gehört, dass eine Alleinerzieherin mit einem zehn Jahre alten Mädchen kürzlich auf Basis 5 transportiert ist."

"Was?" Das hatte ich noch gar nicht gehört, aber ich war nicht überrascht. Die Aufseherin war besonders bemüht darum, Gefährtinnen für die Krieger hier zu finden, besonders jetzt, wo meine Geschichten über das Leben auf der Kolonie veröffentlicht wurden—eine Werbemaßnahme für das Interstellare Bräute-Programm. Ich schichte der Aufseherin wöchentlich ein neues Interview und Profil mit einem der Krieger. Die Öffentlichkeitsarbeit für die Kolonie war besser als je zuvor. Und die Aufseherin hatte bei den Erdenregierungen darum gebeten, es Alleinerzieherinnen zu ermöglichen, sich zu melden. „Ich möchte sie kennenlernen."

„Basis 5 ist am anderen Ende des Planeten", gab Rystons Mutter zu bedenken. Das war schon recht weit. Und doch...sie hatten Transporter aus gutem Grund erfunden, nicht wahr?

„Dieses Baby ist mindestens so groß wie Wyatt, wenn nicht wie eine Zehnjährige“, grummelte Rachel und rieb sich über den dicken Bauch. „Mir ist egal, ob es ein Junge oder ein Mädchen ist. Inzwischen will ich es nur aus mir raus haben.“

Ich lachte, zusammen mit den zwei älteren Müttern, und die Laute waren bis zu den Kriegern zu hören. Rachels schmerzvolles Aufkeuchen war nicht lauter als ein Flüstern, und sie drückte sich auf den Bauch, kräftig, direkt unter ihren Rippen.

Maxim und Ryston drehten sich mit düsteren Gesichtern herum und eilten an Rachels Seite. „Geht es dir gut?“

Rachel verdrehte die Augen. „Gefährten, es geht mir gut. Euer Baby spielt gerne Fußball mit meinen Rippen.“

„Wasser?“

„Ein Kissen?“

Die Gefährten fingen an, alles aufzuzählen, was sie Rachel bringen konnten.

„Jungs. Es reicht. Ich verspreche euch, ich sage euch, wenn es soweit ist, indem ich sage: ‚es ist soweit‘.“

Keinem ihrer Gefährten gefiel diese Antwort, ihren zusammengekniffenen Augen nach zu schließen und der Art, wie Maxim seine Arme vor der Brust verschränkte. Ryston beugte sich hinunter und hob Rachel auf seine Arme, als wäre sie leicht wie eine Feder und würde kein wassermelonen-großes Baby in ihrem Bauch tragen.

„Jungs? Letzte Nacht hast du uns aber nicht *Jungs* genannt“, knurrte ihr Gefährte und stapfte in Richtung ihres Wohnquartiers davon. „Ich meine, du hast mich als Gott bezeichnet. Wir werden es dir in Erinnerung rufen.“

„Meine Damen.“ Maxim verneigte sich vor uns dreien, zwinkerte uns zu, dann verschwand er hinter seiner Familie. So schnell, wie er unterwegs war, nahm ich an, dass er ebenso begierig darauf war, seine Gefährtin zu verführen, wie sein Sekundär.

„Diese Krieger sind ein lüsterner Haufen", sagte meine Mutter. Ich konnte die Errötung nicht zurückhalten, die meine Wangen erwärmte. Diese Unterhaltung würde ich nicht mit ihr führen, besonders, da mein Gefährte einer der Krieger war, von denen sie sprach. Und er war auf jeden Fall lüstern.

Die Wirkungszeit meiner Verhütungsspritze war vorüber, und wir hofften auf unser eigenes Kind. Kjel widmete sich seiner Aufgabe äußerst aufmerksam, besonders letzte Nacht. Vielleicht war ich heute deswegen so müde. Anstatt mich am Spaß zu beteiligen, war ich damit zufrieden, hier zu sitzen und zuzusehen.

Kjel kam herüber, während er Wyatt kopfüber an den Füßen gepackt hatte und baumeln ließ. Er ließ ihn vorsichtig in den Schoß seiner Großmutter sinken.

„Du bist ganz verschwitzt“, sagte sie zu ihm.

„Ich war jagen“, erklärte er. „Ein Atlan-Biest.“

„Hast du ihn erwischt?“, fragte Oma und kitzelte ihn am Bauch.

„Natürlich hat er das. Wyatt ist ein ausgezeichneter Jäger.“

Mein Sohn strahlte über Kjels Lob, und etwas Verängstigtes und Anhängliches wurde in mir ruhiger. Ich hatte zuvor so viel Sorge um meinen Sohn gehabt, ihn alleine großgezogen, mich bemüht, ihm alles zu geben. Ich hätte mein Möglichstes getan, aber jeden Tag hatte ich mir Sorgen gemacht, dass es nicht ausreichen würde. Dass ich versagen würde.

Nun hatte ich Kjel. Ich hatte einen Gefährten, der mich und unseren Sohn vergötterte. Und Wyatt gehörte nun zu ihm. Ich sah die Liebe für Wyatt in den Augen meines Gefährten, in der Geduld, die er für ihn hatte. Der Art, wie er in die Knie ging und Wyatt in die Augen sah, wenn er mit unserem Sohn sprach, als wäre der kleine Junge der Mittelpunkt seiner Welt. Als wäre Wyatt ihm wirklich *wichtig*.

Wyatts kleines Kinn streckte sich hervor, mit einem störrischen Ausdruck, den er sich inzwischen von seinem neuen Vater abgeguckt hatte, und ich verbarg ein Grinsen hinter meiner Hand. „Wenn ich groß bin, dann werde ich der beste Jäger überhaupt. Richtig, Papa?"

„Ja. Der allerbeste."

Sie plauderten weiter, aber ich blendete sie aus, denn ich hatte nur noch Augen für Kjel. Er trat nahe an mich heran, beugte sich hinunter, bis seine Hände auf den Lehnen meines Gartenstuhls ruhten. „Hallo, Gefährtin."

„Hallo", flüsterte ich zurück.

„Ich denke, der Gouverneur und sein Sekundär haben schon recht."

Ich zog eine Braue hoch. „Ach?"

„Eine kleine Spielstunde im Zimmer."

Meine Nippel wurden schon bei seinem Tonfall hart.

Ich warf einen Blick auf Wyatt.

„Deine Mutter will noch mehr Enkel“, sagte er zu mir. Meine Mutter grinste, aber hielt ihr Gesicht ihrem Enkel zugewandt, bis Kjel seine Stimme erhob. „Habe ich recht?“

„Mindestens drei“, antwortete meine Mutter, ohne hinzusehen. Sie hatte sich vielleicht mit Wyatt unterhalten, aber sie hatte auf jeden Fall gelauscht.

„Passt du auf Wyatt auf, während ich mich der Sache annehme?“, fragte er meine Mutter. Sein Blick hielt meinen, und er grinste nun.

Mein Gesicht musste rot wie eine Tomate gewesen sein. „Kjel“, stammelte ich.

„Natürlich. Nehmt euch Zeit. Macht es richtig. Vielleicht gleich Zwillinge.“

„Mutter!“ Das Wort war halb gelacht, halb gequietscht, als Kjel mich hochhob, wie Ryston es mit Rachel gemacht hatte.

„Spielstunde für Mama und Papa!“, sagte Kjel zu Wyatt, der begeistert nickte.

„Ich will einen Bruder“, verkündete Wyatt.

„Oh mein Gott“, sagte ich und boxte Kjel wirkungslos gegen die Brust, während er mich auf den Armen ins Gebäude hinein trug. „Alle werden es wissen.“

Ich spürte, wie er mit den Schultern zuckte. „Und? Wenn sie eine Gefährtin wollen, müssen sie sich ihre eigene besorgen. Du gehörst mir.“ Diese drei Worte waren ein Knurren, das mir direkt in den Kitzler fuhr.

Ich entspannte mich in seinen Armen und hob die Hände an sein Kinn, damit er zu mir hinunter blickte.

„Ich liebe dich, weißt du das?“

„Ich liebe dich auch, meine wunderschöne Gefährtin.“

WILLKOMMENSGESCHENK!

TRAGE DICH FÜR MEINEN NEWSLETTER EIN, UM LESEPROBEN, VORSCHAUEN UND EIN WILLKOMMENSGESCHENK ZU ERHALTEN!

http://kostenlosescifiromantik.com

Ihr perfektes Match

Interstellare Bräute® Programm: Die Kolonie

Den Cyborgs ausgeliefert

Gespielin der Cyborgs

Verführung der Cyborgs

Ihr Cyborg-Biest

Cyborg-Fieber

Mein Cyborg, der Rebell

Cyborg-Daddy wider Wissen

Interstellare Bräute® Programm: Die Jungfrauen

Mit einem Alien verpartnert

Zusätzliche Bücher

Die eroberte Braut (Bridgewater Ménage)

Matched and Mated

Hunted

Viken Command

Interstellar Brides® Program: The Colony

Surrender to the Cyborgs

Mated to the Cyborgs

Cyborg Seduction

Her Cyborg Beast

Cyborg Fever

Rogue Cyborg

Cyborg's Secret Baby

Interstellar Brides® Program: The Virgins

The Alien's Mate

Claiming His Virgin

His Virgin Mate

His Virgin Bride

Interstellar Brides® Program: Ascension Saga

Ascension Saga, book 1

Ascension Saga, book 2

Ascension Saga, book 3

Trinity: Ascension Saga - Volume 1

Ascension Saga, book 4

Ascension Saga, book 5

Ascension Saga, book 6

Faith: Ascension Saga - Volume 2

Ascension Saga, book 7

Ascension Saga, book 8

Ascension Saga, book 9

Destiny: Ascension Saga - Volume 3

Other Books

Their Conquered Bride

Wild Wolf Claiming: A Howl's Romance

Du kannst mit Grace Goodwin über ihre Website, ihrer Facebook-Seite, ihren Twitter-Account und ihr Goodreads-Profil mit den folgenden Links in Kontakt bleiben:

Web:
https://gracegoodwin.com

Facebook:
https://www.facebook.com/profile.php?
id=100011365683986

Twitter:
https://twitter.com/luvgracegoodwin

Hier kannst Du Dich auf meiner Liste für deutsche VIP-Leser anmelden: **https://goo.gl/6Btjpy**

Möchtest Du Mitglied meines nicht ganz so geheimen Sci-Fi-Squads werden? Du erhältst exklusive Leseproben, Buchcover und erste Einblicke in meine neuesten Werke. In unserer geschlossenen Facebook-Gruppe teilen wir Bilder und interessante News (auf Englisch). Hier kannst Du Dich anmelden: http://bit.ly/SciFiSquad

Alle Bücher von Grace können als eigenständige Romane gelesen werden. Die Liebesgeschichten kommen ganz ohne Fremdgehen aus, denn Grace schreibt über Alpha-Männer und nicht

Alpha-Arschlöcher. (Du verstehst sicher, was damit gemeint ist.) Aber Vorsicht! Ihre Helden sind heiße Typen und ihre Liebesszenen sind noch heißer. Du bist also gewarnt...

Über Grace:

Grace Goodwin ist eine internationale Bestsellerautorin von Science-Fiction und paranormalen Liebesromanen. Grace ist davon überzeugt, dass jede Frau, egal ob im Schlafzimmer oder anderswo wie eine Prinzessin behandelt werden sollte. Am liebsten schreibt sie Romane, in denen Männer ihre Partnerinnen zu verwöhnen wissen, sie umsorgen und beschützen. Grace hasst den Winter und liebt die Berge (ja, das ist problematisch) und sie wünscht sich, sie könnte ihre Geschichten einfach downloaden, anstatt sie zwanghaft niederzuschreiben. Grace lebt im Westen der USA und ist professionelle Autorin, eifrige Leserin und bekennender Koffein-Junkie.

https://gracegoodwin.com